鲁迅作品单行本

且介亭杂文末编

鲁迅 著

人民文学出版社

图书在版编目（CIP）数据

且介亭杂文末编/鲁迅著. —2 版. —北京：人民文学出版社，2021（2021.11重印）
ISBN 978-7-02-015270-4

Ⅰ.①且… Ⅱ.①鲁… Ⅲ.①鲁迅杂文—杂文集 Ⅳ.①I210.4

中国版本图书馆 CIP 数据核字（2019）第 096345 号

责任编辑	杜　丽
装帧设计	陶　雷
责任印制	任　祎

出版发行	人民文学出版社
社　　址	北京市朝内大街 166 号
邮政编码	100705
印　　刷	北京明恒达印务有限公司
经　　销	全国新华书店等
字　　数	113 千字
开　　本	880 毫米×1230 毫米　1/32
印　　张	5.75　插页 2
版　　次	1958 年 6 月北京第 1 版 2006 年 12 月北京第 2 版
印　　次	2021 年 11 月第 2 次印刷
书　　号	978-7-02-015270-4
定　　价	24.00 元

如有印装质量问题，请与本社图书销售中心调换。电话:010-65233595

目 录

一九三六年

《凯绥·珂勒惠支版画选集》序目 ……………………… 1
记苏联版画展览会 ……………………………………… 14
我要骗人 ………………………………………………… 19
《译文》复刊词 ………………………………………… 25
白莽作《孩儿塔》序 …………………………………… 27
续记 ……………………………………………………… 29
写于深夜里 ……………………………………………… 33
三月的租界 ……………………………………………… 48
《出关》的"关" ………………………………………… 52
《呐喊》捷克译本序言 ………………………………… 60
答徐懋庸并关于抗日统一战线问题 …………………… 62
关于太炎先生二三事 …………………………………… 82
曹靖华译《苏联作家七人集》序 ……………………… 90
因太炎先生而想起的二三事 …………………………… 94

附 集

- 文人比较学 …………………………………… 103
- 大小奇迹 ……………………………………… 105
- 难答的问题 …………………………………… 107
- 登错的文章 …………………………………… 109
- 《海上述林》上卷序言 ………………………… 111
- 我的第一个师父 ……………………………… 114
- 《海上述林》下卷序言 ………………………… 123
- 答托洛斯基派的信 …………………………… 125
- 论现在我们的文学运动 ……………………… 130
- 《苏联版画集》序 ……………………………… 133
- 半夏小集 ……………………………………… 135
- "这也是生活" ………………………………… 140
- "立此存照"(一) ……………………………… 145
- "立此存照"(二) ……………………………… 147
- 死 ……………………………………………… 149
- 女吊 …………………………………………… 155
- "立此存照"(三) ……………………………… 163
- "立此存照"(四) ……………………………… 169
- "立此存照"(五) ……………………………… 172
- "立此存照"(六) ……………………………… 174
- "立此存照"(七) ……………………………… 176
- 后记(许广平) ………………………………… 179

本书收作者1936年所作杂文三十五篇,作者生前开始编集,后经许广平编定,1937年7月由上海三闲书屋初版。

一九三六年

《凯绥·珂勒惠支版画选集》序目[1]

凯绥·勖密特(Kaethe Schmidt)以一八六七年七月八日生于东普鲁士的区匿培克(Koenigsberg)[2]。她的外祖父是卢柏(Julius Rupp),即那地方的自由宗教协会的创立者。父亲原是候补的法官,但因为宗教上和政治上的意见,没有补缺的希望了,这穷困的法学家便如俄国人之所说:"到民间去"[3],做了木匠[4],一直到卢柏死后,才来当这教区的首领和教师。他有四个孩子,都很用心的加以教育,然而先不知道凯绥的艺术的才能。凯绥先学的是刻铜的手艺,到一八八五年冬,这才赴她的兄弟在研究文学的柏林,向斯滔发·培伦(Stauffer Bern)[5]去学绘画。后回故乡,学于奈台(Neide)[6],为了"厌倦",终于向闵兴的哈台列克(Herterich)[7]那里去学习了。

一八九一年,和她兄弟的幼年之友卡尔·珂勒惠支(Karl Kollwitz)结婚,他是一个开业的医生,于是凯绥也就在柏林的"小百姓"之间住下,这才放下绘画,刻起版画来。待到孩子们长大了,又用力于雕刻。一八九八年,制成有名的《织工一揆》[8]计六幅,取材于一八四四年的史实,是与先出的霍普德曼(Gerhart Hauptmann)[9]的剧本同名的;一八九九年刻《格莱亲》,零一年刻《断头台边的舞蹈》;零四年旅行巴黎;零四至八年成连续版画《农民战争》七幅,获盛名,受 Villa-Romana 奖金[10],得游学于意大利。这时她和一个女友由佛罗棱萨步行而入罗马,然而这旅行,据她自己说,对于她的艺术似乎并无大影响。一九〇九年作《失业》,一〇年作《妇人被死亡所捕》和以"死"为题材的小图。

世界大战起,她几乎并无制作。一九一四年十月末,她的很年青的大儿子以义勇兵死于弗兰兑伦(Flandern)战线上[11]。一八年十一月,被选为普鲁士艺术学院会员,这是以妇女而入选的第一个。从一九年以来,她才仿佛从大梦初醒似的,又从事于版画了,有名的是这一年的纪念里勃克内希(Liebknecht)[12]的木刻和石刻,零二至零三年[13]的木刻连续画《战争》,后来又有三幅《无产者》,也是木刻连续画。一九二七年为她的六十岁纪念,霍普德曼那时还是一个战斗的作家[14],给她书简道:"你的无声的描线,侵人心髓,如一种惨苦的呼声:希腊和罗马时候都没有听到过的呼声。"法国罗曼·罗兰(Romain Rolland)[15]则说:"凯绥·珂勒惠支的作品是现代德国的最伟大的诗歌,它照出穷人与平民的困苦和悲痛。这有丈夫气概的妇人,用了阴郁和纤秾的同情,把这些收在她的眼中,她的慈母的腕里了。这是做了牺牲的人民的沉默的声音。"然而她在现在,却不能教授,不能作画,只能真的沉默的和她的儿子住在柏林了;她的儿子像那父亲一样,也是一个医生。

在女性艺术家之中，震动了艺术界的，现代几乎无出于凯绥·珂勒惠支之上——或者赞美，或者攻击，或者又对攻击给她以辩护。诚如亚斐那留斯（Ferdinand Avenarius）[16]之所说："新世纪的前几年，她第一次展览作品的时候，就为报章所喧传的了。从此以来，一个说，'她是伟大的版画家'；人就过作无聊的不成话道：'凯绥·珂勒惠支是属于只有一个男子的新派版画家里的'。别一个说：'她是社会民主主义的宣传家'，第三个却道：'她是悲观的困苦的画手'。而第四个又以为'是一个宗教的艺术家'。要之：无论人们怎样地各以自己的感觉和思想来解释这艺术，怎样地从中只看见一种的意义——然而有一件事情是普遍的：人没有忘记她。谁一听到凯绥·珂勒惠支的名姓，就仿佛看见这艺术。这艺术是阴郁的，虽然都在坚决的动弹，集中于强韧的力量，这艺术是统一而单纯的——非常之逼人。"

但在我们中国，绍介的还不多，我只记得在已经停刊的《现代》和《译文》上，各曾刊印过她的一幅木刻，[17]原画自然更少看见；前四五年，上海曾经展览过她的几幅作品，但恐怕也不大有十分注意的人。她的本国所复制的作品，据我所见，以《凯绥·珂勒惠支画帖》（Kaethe Kollwitz Mappe, Herausgegeben Von Kunstwart, Kunstwart-Verlag, Muenchen, 1927）为最佳，但后一版便变了内容，忧郁的多于战斗的了。印刷未精，而幅数较多的，则有《凯绥·珂勒惠支作品集》（Das Kaethe Kollwitz Werk, Carl Reisner Verlag, Dresden, 1930），只要一翻这集子，就知道她以深广的慈母之爱，为一切被侮辱和损害者悲哀,抗议,愤怒,斗争;所取的题材大抵是困苦,饥饿,流离,疾病,死亡,然而也有呼号,挣扎,联合和奋起。此后又出了一本新集(Das Neue K. Kollwitz Werk,1933),却更多明朗之作了。霍善斯坦因(Wilhelm Hausenstein)[18]批评她中期的作品,以为虽然间有鼓动的男性的版画,暴力的恐吓,但在根本上,是和颇深的生活相联系,形式也出于颇激的纠葛的,所以那形式,是紧握着世事的形相。永田一修[19]并取她的后来之作,以这批评为不足,他说凯绥·珂勒惠支的作品,和里培尔曼(Max Liebermann)[20]不同,并非只觉得题材有趣,来画下层世界的;她因为被周围的悲惨生活所动,所以非画不可,这是对于榨取人类者的无穷的"愤怒"。"她照目前的感觉,——永田一修说——描写着黑土的大众。她不将样式来范围现象。时而见得悲剧,时而见得英雄化,是不免的。然而无论她怎样阴郁,怎样悲哀,却决不是非革命。她没有忘却变革现社会的可能。而且愈入老境,就愈脱离了悲剧的,或者英雄的,阴暗的形式。"

而且她不但为周围的悲惨生活抗争,对于中国也没有像中国对于她那样的冷淡:一九三一年一月间,六个青年作家遇害[21]之后,全世界的进步的文艺家联名提出抗议的时候,她也是署名的一个人。现在,用中国法计算作者的年龄,她已届七十岁了,这一本书的出版,虽然篇幅有限,但也可以算是为她作一个小小的记念的罢。

选集所取,计二十一幅,以原版拓本为主,并复制一九二七年的印本《画帖》以足之。以下据亚斐那留斯及第勒（Louise Diel）[22]的解说，并略参已见，为目录——

（1）《自画像》（Selbstbild）。石刻，制作年代未详，按《作品集》所列次序，当成于一九一〇年顷[23]；据原拓本，原大 34×30cm. 这是作者从许多版画的肖像中，自己选给中国的一幅，隐然可见她的悲悯，愤怒和慈和。

（2）《穷苦》（Not）。石刻，原大 15×15cm. 据原版拓本，后五幅同。这是有名的《织工一揆》（Ein Weberaufstand）的第一幅，一八九八年作。前四年，霍普德曼的剧本《织匠》始开演于柏林的德国剧场，取材是一八四四年的勃列济安（Schlesien）[24]麻布工人的蜂起，作者也许是受着一点这作品的影响的，但这可以不必深论，因为那是剧本，而这却是图画。我们借此进了一间穷苦的人家，冰冷，破烂，父亲抱一个孩子[25]，毫无方法的坐在屋角里，母亲是愁苦的，两手支头，在看垂危的儿子，纺车静静的停在她的旁边。

（3）《死亡》（Tod）。石刻，原大 22×18cm. 同上的第二幅。还是冰冷的房屋，母亲疲劳得睡去了，父亲还是毫无方法的，然而站立着在沉思他的无法。桌上的烛火尚有余光，"死"却已经近来，伸开他骨出的手，抱住了弱小的孩子。孩子的眼睛张得极大，在凝视我们，他要生存，他至死还在希望人有改革运命的力量。

（4）《商议》（Beratung）。石刻，原大 27×17cm. 同上的第三幅。接着前两幅的沉默的忍受和苦恼之后，到这里却现出生存竞争的景象来了。我们只在黑暗中看见一片桌面，一只杯子和两个人,但为的是在商议摔掉被践踏的运命。

(5)《织工队》(Weberzug)。铜刻,原大 22×29cm. 同上的第四幅。队伍进向吮取脂膏的工场,手里捏着极可怜的武器,手脸都瘦损,神情也很颓唐,因为向来总饿着肚子。队伍中有女人,也疲惫到不过走得动;这作者所写的大众里,是大抵有女人的。她还背着孩子,却伏在肩头睡去了。

(6)《突击》(Sturm)。铜刻,原大 24×29cm. 同上的第五幅。工场的铁门早经锁闭,织工们却想用无力的手和可怜的武器,来破坏这铁门,或者是飞进石子去。女人们在助战,用痉挛的手,从地上挖起石块来。孩子哭了,也许是路上睡着的那一个。这是在六幅之中,人认为最好的一幅,有时用这来证明作者的《织工》,艺术达到怎样的高度的。

(7)《收场》(Ende)。铜刻,原大 24×30cm. 同上的第六和末一幅。我们到底又和织工回到他们的家里来,织机默默的停着,旁边躺着两具尸体,伏着一个女人;而门口还在抬进尸体来。这是四十年代,在德国的织工的求生的结局。

(8)《格莱亲》(Gretchen)。一八九九年作,石刻;据《画帖》,原大未详。歌德(Goethe)的《浮士德》(Faust)[26]有浮士德爱格莱亲,诱与通情,有孕;她在井边,从女友听到邻女被情人所弃,想到自己,于是向圣母供花祷告事。这一幅所写的是这可怜的少女经过极狭的桥上,在水里幻觉的看见自己的将来。她在剧本里,后来是将她和浮士德所生的孩子投在水里淹死,下狱了。原石已破碎。

(9)《断头台边的舞蹈》(Tanz Um Die Guillotine)。一九

〇一年作,铜刻;据《画帖》,原大未详。是法国大革命时候的一种情景:断头台造起来了,大家围着它,吼着"让我们来跳加尔玛弱儿舞罢!"(Dansons La Carmagnole!)[27]的歌,在跳舞。不是一个,是为了同样的原因而同样的可怕了的一群。周围的破屋,像积叠起来的困苦的峭壁,上面只见一块天。狂暴的人堆的臂膊,恰如净罪的火焰一般,照出来的只有一个阴暗。

(10)《耕夫》(Die Pflueger)。原大 31×45cm。这就是有名的历史的连续画《农民战争》(Bauernkrieg)的第一幅。画共七幅,作于一九〇四至〇八年,都是铜刻。现在据以影印的也都是原拓本。"农民战争"是近代德国最大的社会改革运动之一,以一五二四年顷,起于南方,其时农民都在奴隶的状态,被虐于贵族的封建的特权;玛丁·路德[28]既提倡新教,同时也传播了自由主义的福音,农民就觉醒起来,要求废止领主的苛例,发表宣言,还烧教堂,攻地主,扰动及于全国。然而这时路德却反对了,以为这种破坏的行为,大背人道,应该加以镇压,诸侯们于是放手的讨伐,恣行残酷的复仇,到第二年,农民就都失败了,境遇更加悲惨,所以他们后来就称路德为"撒谎博士"。这里刻划出来的是没有太阳的天空之下,两个耕夫在耕地,大约是弟兄,他们套着绳索,拉着犁头,几乎爬着的前进,像牛马一般,令人仿佛看见他们的流汗,听到他们的喘息。后面还该有一个扶犁的妇女,那恐怕总是他们的母亲了。

(11)《凌辱》(Vergewaltigt)。同上的第二幅,原大 35×

53cm.男人们的受苦还没有激起变乱,但农妇也遭到可耻的凌辱了;她反缚两手,躺着,下颏向天,不见脸。死了,还是昏着呢,我们不知道。只见一路的野草都被蹂躏,显着曾经格斗的样子,较远之处,却站着可爱的小小的葵花。

（12）《磨镰刀》（Beim Dengeln）。同上的第三幅,原大30×30cm.这里就出现了饱尝苦楚的女人,她的壮大粗糙的手,在用一块磨石,磨快大镰刀的刀锋,她那小小的两眼里,是充满着极顶的憎恶和愤怒。

（13）《圆洞门里的武装》（Bewaffnung In Einem Gewoelbe）。同上的第四幅,原大50×33cm.大家都在一个阴暗的圆洞门下武装了起来,从狭窄的戈谛克式[29]阶级蜂涌而上:是一大群拚死的农民。光线愈高愈少;奇特的半暗,阴森的人相。

（14）《反抗》（Losbruch）。同上的第五幅,原大51×50cm.谁都在草地上没命的向前,最先是少年,喝令的却是一个女人,从全体上洋溢着复仇的愤怒。她浑身是力,挥手顿足,不但令人看了就生勇往直前之心,还好像天上的云,也应声裂成片片。她的姿态,是所有名画中最有力量的女性的一个。也如《织工一揆》里一样,女性总是参加着非常的事变,而且极有力,这也就是"这有丈夫气概的妇人"的精神。

（15）《战场》（Schlachtfeld）。同上的第六幅,原大41×53cm.农民们打败了,他们敌不过官兵。剩在战场上的是什么呢?几乎看不清东西。只在隐约看见尸横遍野的黑夜中,有一个妇人,用风灯照出她一只劳作到满是筋节的手,在触动一个死尸的下巴。光线都集中在这一小块上。这,恐怕正是她的儿子,这处所,恐怕正是她先前扶犁的地方,但现在流着的却不是汗而是鲜血了。

(16)《俘虏》(Die Gefangenen)。同上的第七幅,原大33×42cm.画里是被捕的孑遗,有赤脚的,有穿木鞋的,都是强有力的汉子,但竟也有儿童,个个反缚两手,禁在绳圈里。他们的运命,是可想而知的了,但各人的神气,有已绝望的,有还是倔强或愤怒的,也有自在沉思的,却不见有什么萎靡或屈服。

(17)《失业》(Arbeitslosigkeit)。一九〇九年作,铜刻;据《画帖》,原大44×54cm.他现在闲空了,坐在她的床边,思索着——然而什么法子也想不出。那母亲和睡着的孩子们的模样,很美妙而崇高,为作者的作品中所罕见。

(18)《妇人为死亡所捕获》(Frau Vom Tod Gepackt),亦名《死和女人》(Tod Und Weib)。一九一〇年作,铜刻;据《画帖》,原大未详。"死"从她本身的阴影中出现,由背后来袭击她,将她缠住,反剪了;剩下弱小的孩子,无法叫回他自己的慈爱的母亲。一转眼间,对面就是两界。"死"是世界上最出众的拳师,死亡是现社会最动人的悲剧,而这妇人则是全作品中最伟大的一人。

(19)《母与子》(Mutter Und Kind)。制作年代未详[30],铜刻;据《画帖》,原大19×13cm.在《凯绥·珂勒惠支作品集》中所见的百八十二幅中,可指为快乐的不过四五幅,这就是其一。亚斐那留斯以为从特地描写着孩子的呆气的侧脸,用光亮衬托出来之处,颇令人觉得有些忍俊不禁。

（20）《面包！》（Brot！）。石刻，制作年代未详[31]，想当在欧洲大战之后；据原拓本，原大 30×28cm. 饥饿的孩子的急切的索食，是最碎裂了做母亲的的心的。这里是孩子们徒然张着悲哀，而热烈地希望着的眼，母亲却只能弯了无力的腰。她的肩膀耸了起来，是在背人饮泣。她背着人，因为肯帮助的和她一样的无力，而有力的是横竖不肯帮助的。她也不愿意给孩子们看见这是剩在她这里的仅有的慈爱。

（21）《德国的孩子们饿着！》（Deutschlands Kinder Hungern！）。石刻，制作年代未详[32]，想当在欧洲大战之后；据原拓本，原大 43×29cm. 他们都擎着空碗向人，瘦削的脸上的圆睁的眼睛里，炎炎的燃着如火的热望。谁伸出手来呢？这里无从知道。这原是横幅，一面写着现在作为标题的一句，大约是当时募捐的揭帖。后来印行的，却只存了图画。作者还有一幅石刻，题为《决不再战！》（Nie Wieder Krieg！），是略早的石刻，可惜不能搜得；而那时的孩子，存留至今的，则已都成了二十以上的青年，可又将被驱作兵火的粮食了。

一九三六年一月二十八日，鲁迅。

*　　*　　*

〔1〕 本篇最初印入《凯绥·珂勒惠支版画选集》。此书由鲁迅编选，1936 年 5 月以"三闲书屋"名义出版，用珂罗版和宣纸印制。

〔2〕 区匪培克　通译哥尼斯堡，现属于俄罗斯，改名为加里宁格勒。

〔3〕 "到民间去"　十九世纪七十年代俄国革命运动中"民粹

派"的口号。他们号召知识分子到农村去发动农民反对沙皇专制统治，建立村社以过渡到社会主义。

〔4〕 据珂勒惠支传记，她父亲是泥水匠，不是木匠。

〔5〕 斯滔发·培伦(1857—1891) 现译施陶费尔-贝尔恩，瑞士画家。曾在柏林女子绘画学校任教。

〔6〕 奈台(Emil Neide) 现译埃米尔·奈德，德国画家。作品多以犯罪为题材，据珂勒惠支回忆，其轰动一时的作品是《生之厌倦》。

〔7〕 哈台列克(1856—?) 现译赫特里希，德国画家。1844年曾在慕尼黑(旧译"闵兴")艺术学院任教，珂勒惠支在该校学习过。

〔8〕《织工一揆》(Ein Weberaufstand) "织工起义"的意思。一揆，日本语。

〔9〕 霍普德曼(1862—1946) 德国剧作家。他的剧本《织工》(Die Weber)以1844年西里西亚纺织工人起义为题材，出版于1892年。

〔10〕 Villa-Romana 奖金 Villa-Romana，意大利文，意为"罗马别墅"。这项奖金的获得者可在意大利居住一年，以熟悉当地艺术宝藏并进行创作。

〔11〕 当年战死的是珂勒惠支第二个儿子彼得，不是大儿子汉斯。汉斯后来做了医生。

〔12〕 里勃克内希(K. A. F. Liebknecht, 1871—1919) 通译卡尔·李卜克内西，德国革命家、作家。他是德国社会民主党左翼领导人和德国共产党创始人之一。1919年1月，他领导反对社会民主党政府的起义，于同月15日被杀害。

〔13〕 应为1922年至1923年。

〔14〕 霍普德曼在第一次世界大战时，曾为德国的侵略战争辩护，希特勒执政后，又曾对纳粹主义表示妥协。但他早期的许多作品常

能反映当时的社会矛盾,具有社会批判意义。下面所引他的话,是他在1927年6月10日写的印在珂勒惠支画册上的题词。

〔15〕 罗曼·罗兰(Romain Rolland,1866—1944) 法国作家、社会活动家。著有长篇小说《约翰·克利斯朵夫》、传记《贝多芬传》等。这里所引他的话,是他1927年7月8日写的印在珂勒惠支画册前面的题词,原文为法文。

〔16〕 亚斐那留斯(1856—1923) 德国艺术批评家、诗人,曾创办《艺术》杂志。这里所引他的话,见于1927年出版的《凯绥·珂勒惠支画帖》。

〔17〕 《现代》 文艺月刊,施蛰存、杜衡编辑,1932年5月创刊于上海,1935年5月停刊。该刊第二卷第六期(1933年4月)在刊登鲁迅《为了忘却的记念》的同时,刊出了凯绥·珂勒惠支的木刻《牺牲》;第五卷第四期(1934年8月)刊有她的《被死所袭击的孩子》、《饿》、《战后的寡妇》、《母亲们》等四幅版画。《译文》,参看本书第26页注〔1〕。该刊终刊号(1935年9月)刊有珂勒惠支的木刻《吊丧》。在这以前,1931年9月出版的《北斗》创刊号曾刊出珂勒惠支的木刻《牺牲》。1932年11月出版的《文学月报》也选印了她的木刻连环画。鲁迅在《"连环图画"辩护》和《为了忘却的记念》中也介绍过她的作品。下文所说"上海曾经展览过她的几幅作品",指1932年5月间汉堡嘉夫人等筹办展出的德国作家版画展,其中有珂勒惠支的铜版画《农民图》等作品。

〔18〕 霍善斯坦因(1882—1957) 德国文艺批评家。著有《艺术与社会》、《现代的艺术中的社会的要素》等。

〔19〕 永田一修(1903—1927) 日本艺术评论家。这里所引他的话,见《无产阶级艺术论》(1930年出版)。

〔20〕 里培尔曼(1847—1935) 德国画家,德国印象派的先驱。

作品有《罐头工厂女工》、《麻纺工场》等。

〔21〕 六个青年作家遇害　应为五个青年作家遇害。指李伟森、柔石、胡也频、冯铿和白莽(殷夫)。1931年2月7日,他们被国民党当局秘密杀害于上海龙华。参看《南腔北调集·为了忘却的记念》。

〔22〕 第勒　现译为路易斯·迪尔,德国美术家。

〔23〕 应为1919年。

〔24〕 勋列济安　通译西里西亚。1844年6月4日,西里西亚的织工反对企业主的残酷剥削,发动起义,不久即遭到镇压而失败。

〔25〕 关于《穷苦》,鲁迅1936年9月6日致日本鹿地亘的信中说:"请将说明之二《穷苦》条下'父亲抱一个孩子'的'父亲'改为'祖母'。我看别的复制品,怎么看也像是女性。Diel的说明中也说是祖母。"

〔26〕 歌德(1749—1832)　德国诗人、学者。《浮士德》是取材于民间传说的长篇诗剧,描写主人公浮士德为了探求生活的意义,借助魔鬼的力量遍尝人生悲欢的奇特经历。

〔27〕 加尔玛弱儿　法国大革命时期流行的舞曲。"让我们来跳加尔玛弱儿舞罢"是这首舞曲中的一句歌词。

〔28〕 玛丁·路德(Martin Luther 1483—1546)　德国十六世纪宗教改革运动的倡导者。他最初反对教皇,揭露教会的腐败,同情农民起义,但不久就站到统治阶级一边,和贵族、教皇等结成同盟,镇压农民起义。

〔29〕 戈谛克式　又译哥特式,十一世纪时创始于法国北部的一种建筑式样,以尖顶的拱门和高耸的尖屋顶为其特色。

〔30〕 《母与子》制作于1910年。

〔31〕 《面包!》制作于1924年。

〔32〕 《德国的孩子们饿着!》制作于1924年。

记苏联版画展览会[1]

我记得曾有一个时候,我们很少能够从本国的刊物上,知道一点苏联的情形。虽是文艺罢,有些可敬的作家和学者们,也如千金小姐的遇到柏油一样,不但决不沾手,离得还远呢,却已经皱起了鼻子。近一两年可不同了,自然间或还看见几幅从外国刊物上取来的讽刺画,但更多的是真心的绍介着建设的成绩,令人抬起头来,看见飞机,水闸,工人住宅,集体农场,不再专门两眼看地,惦记着破皮鞋摇头叹气了。这些绍介者,都并非有所谓可怕的政治倾向的人,但决不幸灾乐祸,因此看得邻人的平和的繁荣,也就非常高兴,并且将这高兴来分给中国人。我以为为中国和苏联两国起见,这现象是极好的,一面是真相为我们所知道,得到了解,一面是不再误解,而且证明了我们中国,确有许多"威武不能屈,贫贱不能移"[2]的必说真话的人们。

但那些绍介,都是文章或照相,今年的版画展览会,却将艺术直接陈列在我们眼前了。作者之中,很有几个是由于作品的复制,姓名已为我们所熟识的,但现在才看到手制的原作,使我们更加觉得亲密。

版画之中,木刻是中国早已发明的,但中途衰退,五年前从新兴起的[3]是取法于欧洲,与古代木刻并无关系。不久,就遭压迫,又缺师资,所以至今不见有特别的进步。我们在这会里才得了极好,极多的模范。首先应该注意的是内战时期,就改革木刻,从此不断的前进的巨匠法复尔斯基(V. Favorsky)[4],和他的一派兑内加(A. Deineka)[5],冈察洛夫(A. Goncharov)[6],叶卡斯托夫(G. Echeistov)[7],毕珂夫(M. Pikov)等,他们在作品里各各表现着真挚的精神,继起者怎样照着导师所指示的道路,却用不同的方法,使我们知道只要内容相同,方法不妨各异,而依傍和模仿,决不能产生真艺术。

兑内加和叶卡斯托夫的作品,是中国未曾绍介过的,可惜这里也很少;和法复尔斯基接近的保夫理诺夫(P. Pavlinov)的木刻,我们只见过一幅,现在却弥补了这缺憾了。

克拉甫兼珂(A. Kravchenko)[8]的木刻能够幸而寄到中国,翻印绍介了的也只有一幅,到现在大家才看见他更多的原作。他的浪漫的色彩,会鼓动我们的青年的热情,而注意于背景和细致的表现,也将使观者得到裨益。我们的绘画,从宋以来就盛行"写意",两点是眼,不知是长是圆,一画是鸟,不知是鹰是燕,竟尚高简,变成空虚,这弊病还常见于现在的青年木刻家的作品里,克拉甫兼珂的新作《尼泊尔建造》(Dneprostroy),是惊起这种懒惰的空想的警钟。至于毕斯凯莱夫(N. Piskarev),则恐怕是最先绍介到中国来的木刻家。他的四幅《铁流》[9]的插画,早为许多青年读者所欣赏,现在才又见了《安娜·加里尼娜》[10]的插画,——他的刻法的别一端。

这里又有密德罗辛(D. Mitrokhin),希仁斯基(L. Khizhinsky),莫察罗夫(S. Mochalov)[11],都曾为中国豫先所知道,以及许多第一次看见的艺术家,是从十月革命前已经有名,以至生于二十世纪初的青年艺术家的作品,都在向我们说明通力合作,进向平和的建设的道路。别的作者和作品,展览会的说明书上各有简要说明,而且临末还揭出了全体的要点:"一般的社会主义的内容和对于现实主义的根本的努力",在这里也无须我赘说了。

但我们还有应当注意的,是其中有乌克兰,乔其亚[12],白俄罗斯的艺术家的作品,我想,倘没有十月革命,这些作品是不但不能和我们见面,也未必会得出现的。

现在,二百余幅的作品,是已经灿烂的一同出现于上海了。单就版画而论,使我们看起来,它不像法国木刻的多为纤美,也不像德国木刻的多为豪放;然而它真挚,却非固执,美丽,却非淫艳,愉快,却非狂欢,有力,却非粗暴;但又不是静止的,它令人觉得一种震动——这震动,恰如用坚实的步法,一步一步,踏着坚实的广大的黑土进向建设的路的大队友军的足音。

附记:会中的版画,计有五种。一木刻,一胶刻(目录译作"油布刻",颇怪),看名目自明。两种是用强水浸蚀铜版和石版而成的,译作"铜刻"和"石刻"固可,或如目录,译作"蚀刻"和"石印"亦无不可。还有一种 Monotype,是在版上作画,再用纸印,所以虽是版画,却只一幅的东西,我想只好译作"独幅版画"。会中的说明书上译作"摩诺",还不过等于不译,有时译为"单型学",却未免比不译更难懂了。其实，那不提撰人的说明，是非常简而得要的，可惜译得很费解，如果有人改译一遍，即使在闭会之后，对于留心版画的人也还是很有用处的。

二月十七日。

*　　*　　*

〔1〕　本篇最初发表于1936年2月24日上海《申报》。

苏联版画展览会，由当时的苏联对外文化协会、中苏文化协会和中国文艺社联合主办，1936年2月20日起在上海举行，为期一周。

〔2〕　"威武不能屈，贫贱不能移"　语出《孟子·滕文公(下)》："富贵不能淫，贫贱不能移，威武不能屈，此之谓大丈夫。"

〔3〕　关于中国现代木刻的兴起，参看《且介亭杂文·〈木刻纪程〉小引》。

〔4〕　法复尔斯基（В·Фаворский，1886—1964）　苏联木刻家。参看《集外集拾遗·〈引玉集〉后记》。

〔5〕　兑内加（А. А. Дейнека，1899—?）　现译捷依涅卡，苏联水彩画、版画及雕刻家。

〔6〕　冈察洛夫（А. Гончаров，1903—?）　苏联书籍插画艺术家。

〔7〕　叶卡斯托夫（Г. Ечейстов）　现译叶契依斯托夫，生平不详。

〔8〕　克拉甫兼珂（А. И. Кравченко，1889—1940）　苏联木刻家。

〔9〕　《铁流》　苏联作家绥拉菲摩维支（1863—1949）著的长篇小说。毕斯凯莱夫（1892—1959）为《铁流》所作的四幅插图，曾经鲁迅推荐发表于1933年7月《文学》月刊创刊号。

〔10〕　《安娜·加里尼娜》　通译《安娜·卡列尼娜》，俄国作家列

夫·托尔斯泰(1828—1910)著的长篇小说。

〔11〕 密德罗辛、希仁斯基、莫察罗夫　都是苏联木刻家。参看《集外集拾遗·〈引玉集〉后记》。

〔12〕 乔其亚　现译为格鲁吉亚。

我　要　骗　人[1]

　　疲劳到没有法子的时候,也偶然佩服了超出现世的作家,要模仿一下来试试。然而不成功。超然的心,是得像贝类一样,外面非有壳不可的。而且还得有清水。浅间山[2]边,倘是客店,那一定是有的罢,但我想,却未必有去造"象牙之塔"的人的。

　　为了希求心的暂时的平安,作为穷余的一策,我近来发明了别样的方法了,这就是骗人。

　　去年的秋天或是冬天,日本的一个水兵,在闸北被暗杀了。[3]忽然有了许多搬家的人,汽车租钱之类,都贵了好几倍。搬家的自然是中国人,外国人是很有趣似的站在马路旁边看。我也常常去看的。一到夜里,非常之冷静,再没有卖食物的小商人了,只听得有时从远处传来着犬吠。然而过了两三天,搬家好像被禁止了。警察拚死命的在殴打那些拉着行李的大车夫和洋车夫,日本的报章[4],中国的报章,都异口同声的对于搬了家的人们给了一个"愚民"的徽号。这意思就是说,其实是天下太平的,只因为有这样的"愚民",所以把颇好的天下,弄得乱七八糟了。

　　我自始至终没有动,并未加入"愚民"这一伙里。但这并非为了聪明,却只因为懒惰。也曾陷在五年前的正月的上海

19

战争[5]——日本那一面,好像是喜欢称为"事变"似的——的火线下,而且自由早被剥夺[6],夺了我的自由的权力者,又拿着这飞上空中了,所以无论跑到那里去,都是一个样。中国的人民是多疑的。无论那一国人,都指这为可笑的缺点。然而怀疑并不是缺点。总是疑,而并不下断语,这才是缺点。我是中国人,所以深知道这秘密。其实,是在下着断语的,而这断语,乃是:到底还是不可信。但后来的事实,却大抵证明了这断语的的确。中国人不疑自己的多疑。所以我的没有搬家,也并不是因为怀着天下太平的确信,说到底,仍不过为了无论那里都一样的危险的缘故。五年以前翻阅报章,看见过所记的孩子的死尸的数目之多,和从不见有记着交换俘虏的事,至今想起来,也还是非常悲痛的。

虐待搬家人,殴打车夫,还是极小的事情。中国的人民,是常用自己的血,去洗权力者的手,使他又变成洁净的人物的,现在单是这模样就完事,总算好得很。

但当大家正在搬家的时候,我也没有整天站在路旁看热闹,或者坐在家里读世界文学史之类的心思。走远一点,到电影院里散闷去。一到那里,可真是天下太平了。这就是大家搬家去住的处所[7]。我刚要跨进大门,被一个十二三岁的女孩子捉住了。是小学生,在募集水灾的捐款,因为冷,连鼻子尖也冻得通红。我说没有零钱,她就用眼睛表示了非常的失望。我觉得对不起人,就带她进了电影院,买过门票之后,付给她一块钱。她这回是非常高兴了,称赞我道,"你是好人",还写给我一张收条。只要拿着这收条,就无论到那里,都没有再出捐款的必要。于是我,就是所谓"好人",也轻松的走进里面了。

看了什么电影呢?现在已经丝毫也记不起。总之,大约不外乎一个英国人,为着祖国,征服了印度的残酷的酋长,或者一个美国人,到亚非利加去,发了大财,和绝世的美人结婚之类罢。这样的消遣了一些时光,傍晚回家,又走进了静悄悄的环境。听到远地里的犬吠声。女孩子的满足的表情的相貌,又在眼前出现,自己觉得做了好事情了,但心情又立刻不舒服起来,好像嚼了肥皂或者什么一样。

诚然,两三年前,是有过非常的水灾的,这大水和日本的不同,几个月或半年都不退。但我又知道,中国有着叫作"水利局"的机关,每年从人民收着税钱,在办事。但反而出了这样的大水了。我又知道,有一个团体演了戏来筹钱,因为后来只有二十几元,衙门就发怒不肯要。连被水灾所害的难民成群的跑到安全之处来,说是有害治安,就用机关枪去扫射的话也都听到过。恐怕早已统统死掉了罢。然而孩子们不知道,还在拚命的替死人募集生活费,募不到,就失望,募到手,就喜欢。而其实,一块来钱,是连给水利局的老爷买一天的烟卷也不够的。我明明知道着,却好像也相信款子真会到灾民的手里似的,付了一块钱。实则不过买了这天真烂漫的孩子的欢喜罢了。我不爱看人们的失望的样子。

倘使我那八十岁的母亲,问我天国是否真有,我大约是会毫不踌躇,答道真有的罢。

然而这一天的后来的心情却不舒服。好像是又以为孩子和老人不同,骗她是不应该似的,想写一封公开信,说明自己的本心,去消释误解,但又想到横竖没有发表之处,于是中止了,时候已是夜里十二点钟。到门外去看了一下。

已经连人影子也看不见。只在一家的檐下,有一个卖馄饨的,在和两个警察谈闲天。这是一个平时不大看见的特别穷苦的肩贩,存着的材料多得很,可见他并无生意。用两角钱买了两碗,和我的女人两个人分吃了。算是给他赚一点钱。

庄子曾经说过:"干下去的(曾经积水的)车辙里的鲋鱼,彼此用唾沫相湿,用湿气相嘘,"——然而他又说,"倒不如在江湖里,大家互相忘却的好。"〔8〕

可悲的是我们不能互相忘却。而我,却愈加恣意的骗起人来了。如果这骗人的学问不毕业,或者不中止,恐怕是写不出圆满的文章来的。

但不幸而在既未卒业,又未中止之际,遇到山本社长〔9〕了。因为要我写一点什么,就在礼仪上,答道"可以的"。因为说过"可以",就应该写出来,不要使他失望,然而到底也还是写了骗人的文章。

写着这样的文章,也不是怎么舒服的心地。要说的话多得很,但得等候"中日亲善"更加增进的时光。不久之后,恐怕那"亲善"的程度,竟会到在我们中国,认为排日即国贼——因为说是共产党利用了排日的口号,使中国灭亡的缘故——而到处的断头台上,都闪烁着太阳的圆圈〔10〕的罢,但即使到了这样子,也还不是披沥真实的心的时光。

单是自己一个人的过虑也说不定:要彼此看见和了解真

实的心,倘能用了笔,舌,或者如宗教家之所谓眼泪洗明了眼睛那样的便当的方法,那固然是非常之好的,然而这样便宜事,恐怕世界上也很少有。这是可以悲哀的。一面写着漫无条理的文章,一面又觉得对不起热心的读者了。

临末,用血写添几句个人的豫感,算是一个答礼罢。

二月二十三日。

*　　　*　　　*

〔1〕 本篇是应日本改造社社长山本实彦的约稿,用日文写成,最初发表于1936年4月号日本《改造》月刊。1936年4月16日北平《火星》文艺半月刊(燕京大学一二九文艺社出版)曾刊出林萧的译文,题作《我愿骗骗人》。后由作者译成中文,发表于1936年6月上海《文学丛报》月刊第三期。

在《改造》发表时,第四段中"上海"、"死尸"、"俘虏"等词及第十五段中"太阳的圆圈"一语,都被删去。《文学丛报》发表时经作者补入,该刊编者在《编后》中曾有说明。

〔2〕 浅间山　日本的火山,过去常有人去投火山口自杀;它也是游览地区,山下设有旅馆等。

〔3〕 指1935年11月9日晚日本水兵中山秀雄在上海窦乐安路被暗杀。当时日本侵略者曾借此进行威胁要挟。

〔4〕 日本的报章　指当时在上海发行的日文报纸。

〔5〕 上海战争　指1932年的"一·二八"战争。当时作者的住所临近战区。

〔6〕 自由早被剥夺　1930年2月作者参加发起中国自由运动大同盟,国民党浙江省党部呈请国民党中央通缉"堕落文人鲁迅"。

〔7〕 指当时上海的"租界"地区。

〔8〕 庄子(约前369—前286) 名周,战国时宋国人,道家学派代表人物之一。他的著作流传至今的有后人所编的《庄子》三十三篇,其中《大宗师》和《天运》篇中都有这样的话:"泉涸,鱼相与处于陆,相呴以湿,相濡以沫,不如(《天运》篇作"不若")相忘于江湖。""涸辙之鲋",另见《庄子·外物》篇。

〔9〕 山本社长 山本实彦(1885—1952),当时日本《改造》杂志社社长。

〔10〕 太阳的圆圈 指日本的国旗。

《译文》复刊词[1]

先来引几句古书,——也许记的不真确,——庄子曰:"涸辙之鲋,相濡以沫,相煦以湿,——不若相忘于江湖。"[2]

《译文》就在一九三四年九月中,在这样的状态之下出世的。那时候,鸿篇巨制如《世界文学》和《世界文库》[3]之类,还没有诞生,所以在这青黄不接之际,大约可以说是仿佛戈壁中的绿洲,几个人偷点余暇,译些短文,彼此看看,倘有读者,也大家看看,自寻一点乐趣,也希望或者有一点益处,——但自然,这决不是江湖之大。

不过这与世无争的小小的期刊,终于不能不在去年九月,以"终刊号"和大家告别了。虽然不过野花小草,但曾经费过不少移栽灌溉之力,当然不免私心以为可惜的。然而竟也得了勇气和慰安:这是许多读者用了笔和舌,对于《译文》的凭吊。

我们知道感谢,我们知道自勉。

我们也不断的希望复刊。但那时风传的关于终刊的原因:是折本。出版家虽然大抵是"传播文化"的,而"折本"却是"传播文化"的致命伤,所以荏苒半年,简直死得无药可救。直到今年,折本说这才起了动摇,得到再造的运会,再和大家相见了。

内容仍如创刊时候的《前记》里所说一样：原料没有限制；门类也没有固定；文字之外多加图画，也有和文字有关系的，意在助趣，也有和文字没有关系的，那就算是我们贡献给读者的一点小意思。

这一回，将来的运命如何呢？我们不知道。但今年文坛的情形突变，已在宣扬宽容和大度了，我们真希望在这宽容和大度的文坛里，《译文》也能够托庇比较的长生。

　　　　　　　　　　　　三月八日。

* * *

〔1〕 本篇最初发表于1936年3月上海《译文》月刊新一卷第一期"复刊号"。

《译文》，鲁迅和茅盾发起的翻译和介绍外国文学的杂志，创刊于1934年9月，最初三期为鲁迅编辑，后由黄源接编，上海生活书店发行，1935年9月出至第十三期停刊；1936年3月复刊，改由上海杂志公司发行，1937年6月出至新三卷第四期停刊。

〔2〕 "涸辙之鲋"等语，参看本书第24页注〔8〕。

〔3〕 《世界文学》 介绍世界各国文学（包括我国）的双月刊，伍蠡甫编辑，1934年10月创刊，上海黎明书局发行。《世界文库》，郑振铎编辑，1935年5月创刊，上海生活书店发行，每月发行一册，内容分中国古典文学及外国名著翻译两部分。该刊于第一年印出十二册后，第二年起以《世界文库》的总名改出单行本。

白莽作《孩儿塔》序[1]

春天去了一大半了,还是冷;加上整天的下雨,淅淅沥沥,深夜独坐,听得令人有些凄凉,也因为午后得到一封远道寄来的信,要我给白莽[2]的遗诗写一点序文之类;那信的开首说道:"我的亡友白莽,恐怕你是知道的罢。……"——这就使我更加惆怅。

说起白莽来,——不错,我知道的。四年之前,我曾经写过一篇《为忘却的记念》,要将他们忘却。他们就义了已经足有五个年头了,我的记忆上,早又蒙上许多新鲜的血迹;这一提,他的年青的相貌就又在我的眼前出现,像活着一样,热天穿着大棉袍,满脸油汗,笑笑的对我说道:"这是第三回了。自己出来的。前两回都是哥哥保出,他一保就要干涉我,这回我不去通知他了。……"——我前一回的文章上是猜错的,这哥哥才是徐培根[3],航空署长,终于和他成了殊途同归的兄弟;他却叫徐白,较普通的笔名是殷夫。

一个人如果还有友情,那么,收存亡友的遗文真如捏着一团火,常要觉得寝食不安,给它企图流布的。这心情我很了然,也知道有做序文之类的义务。我所惆怅的是我简直不懂诗,也没有诗人的朋友,偶尔一有,也终至于闹开,不过和白莽没有闹,也许是他死得太快了罢。现在,对于他的诗,我一句也不说——因为我不能。

这《孩儿塔》的出世并非要和现在一般的诗人争一日之长,是有别一种意义在。这是东方的微光,是林中的响箭,是冬末的萌芽,是进军的第一步,是对于前驱者的爱的大纛,也是对于摧残者的憎的丰碑。一切所谓圆熟简练,静穆幽远之作,都无须来作比方,因为这诗属于别一世界。

那一世界里有许多许多人,白莽也是他们的亡友。单是这一点,我想,就足够保证这本集子的存在了,又何需我的序文之类。

一九三六年三月十一夜,鲁迅记于上海之且介亭。

*　　　*　　　*

〔1〕 本篇最初发表于1936年4月《文学丛报》月刊第一期,发表时题为《白莽遗诗序》。

〔2〕 白莽(1909—1931) 原名徐柏庭,又名徐祖华,笔名白莽、殷夫、徐白,浙江象山人,共产党员,诗人。1931年2月7日被国民党当局杀害于上海龙华。《孩儿塔》是他的诗集,他在《〈孩儿塔〉剥蚀的题记》中说:"孩儿塔是我故乡义冢地中专给人们抛投死孩的坟冢。"

〔3〕 徐培根(1895—1991) 早年留学德国,当时任国民党政府军政部航空署署长。1934年间因航空署失火焚毁,曾被捕入狱。

续　　记[1]

　　这是三月十日的事。我得到一个不相识者由汉口寄来的信,自说和白莽是同济学校的同学,藏有他的遗稿《孩儿塔》,正在经营出版,但出版家有一个要求:要我做一篇序;至于原稿,因为纸张零碎,不寄来了,不过如果要看的话,却也可以补寄。其实,白莽的《孩儿塔》的稿子,却和几个同时受难者的零星遗稿,都在我这里,里面还有他亲笔的插画,但在他的朋友手里别有初稿,也是可能的;至于出版家要有一篇序,那更是平常事。

　　近两年来,大开了印卖遗著的风气,虽是期刊,也常有死人和活人合作的,但这已不是先前的所谓"骸骨的迷恋"[2],倒是活人在依靠死人的余光,想用"死诸葛吓走生仲达"[3]。我不大佩服这些活家伙。可是这一回却很受了感动,因为一个人受了难,或者遭了冤,所谓先前的朋友,一声不响的固然有,连赶紧来投几块石子,借此表明自己是属于胜利者一方面的,也并不算怎么希罕;至于抱守遗文,历多年还要给它出版,以尽对于亡友的交谊者,以我之孤陋寡闻,可实在很少知道。大病初愈,才能起坐,夜雨淅沥,怆然有怀,便力疾写了一点短文,到第二天付邮寄去,因为恐怕连累付印者,所以不题他的姓名;过了几天,才又投给《文学丛报》[4],因为恐怕妨碍发行,所以又隐下了诗的名目。

此后不多几天,看见《社会日报》[5],说是善于翻戏的史济行,现又化名为齐涵之了。我这才悟到自己竟受了骗,因为汉口的发信者,署名正是齐涵之。他仍在玩着骗取文稿的老套,《孩儿塔》不但不会出版,大约他连初稿也未必有的,不过知道白莽和我相识,以及他的诗集的名目罢了。

至于史济行和我的通信,却早得很,还是八九年前,我在编辑《语丝》[6],创造社和太阳社[7]联合起来向我围剿的时候,他就自称是一个艺术专门学校的学生,信件在我眼前出现了,投稿是几则当时所谓革命文豪的劣迹,信里还说这类文稿,可以源源的寄来。然而《语丝》里是没有"劣迹栏"的,我也不想和这种"作家"往来,于是当时即加以拒绝。后来他又或者化名"彳亍",在刊物上捏造我的谣言,或者忽又化为"天行"(《语丝》也有同名的文字,但是别一人[8])或"史岩",卑词征求我的文稿,我总给他一个置之不理。这一回,他在汉口,我是听到过的,但不能因为一个史济行在汉口,便将一切汉口的不相识者的信都看作卑劣者的圈套,我虽以多疑为忠厚长者所诟病,但这样多疑的程度是还不到的。不料人还是大意不得,偶不疑虑,偶动友情,到底成为我的弱点了。

今天又看见了所谓"汉出"的《人间世》[9]的第二期,卷末写着"主编史天行",而下期要目的豫告上,果然有我的《序〈孩儿塔〉》在。但卷端又声明着下期要更名为《西北风》了,那么,我的序文,自然就卷在第一阵"西北风"里。而第二期的第一篇,竟又是我的文章,题目是《日译本〈中国小说史略〉

序》。这原是我用日本文所写的,这里却不知道何人所译,仅止一页的短文,竟充满着错误和不通,但前面却附有一行声明道:"本篇原来是我为日译本《支那小说史》写的卷头语……"乃是模拟我的语气,冒充我自己翻译的。翻译自己所写的日文,竟会满纸错误,这岂不是天下的大怪事么?

中国原是"把人不当人"的地方,即使无端诬人为投降或转变,国贼或汉奸,社会上也并不以为奇怪。所以史济行的把戏,就更是微乎其微的事情。我所要特地声明的,只在请读了我的序文而希望《孩儿塔》出版的人,可以收回了这希望,因为这是我先受了欺骗,一转而成为我又欺骗了读者的。

最后,我还要添几句由"多疑"而来的结论:即使真有"汉出"《孩儿塔》,这部诗也还是可疑的。我从来不想对于史济行的大事业讲一句话,但这回既经我写过一篇序,且又发表了,所以在现在或到那时,我都有指明真伪的义务和权利。

四月十一日。

*　　　*　　　*

〔1〕 本篇最初发表于1936年5月《文学丛报》月刊第二期,发表时题为《关于〈白莽遗诗序〉的声明》。

〔2〕 "骸骨的迷恋" 原为斯提(叶圣陶)所作文章的题名(刊于1921年11月2日上海《时事新报·文学旬刊》第十九号)。文中批评当时一些提倡白话文学的人有时还做文言文和旧诗词的现象。以后"骸骨的迷恋"就常被用为形容守旧者不能忘情过去的贬辞。

〔3〕 "死诸葛吓走生仲达" 这句话出自长篇小说《三国演义》

第一〇四回。诸葛亮在五丈原病逝,蜀军用他的木人像吓退司马懿(字仲达)率领的魏军追兵,"因此蜀中人谚曰:'死诸葛能走生仲达。'"

〔4〕 《文学丛报》 月刊。王元亨、马子华、萧今度编辑,1936年4月在上海创刊,出至第五期停刊。

〔5〕 《社会日报》 当时上海发行的小报之一,1929年11月创刊。1936年4月4日该报载有《史济行翻戏志趣(上)》一文,揭发史济行化名齐涵之骗稿的行径。

〔6〕 《语丝》 文艺性周刊,最初由孙伏园等编辑,1924年11月在北京创刊,1927年10月被奉系军阀张作霖查禁,随后移至上海续刊,1930年3月出至第五卷第五十二期停刊。鲁迅是主要撰稿人和支持者之一,并于该刊在上海出版后一度担任编辑。

〔7〕 创造社 文学团体。1921年6月成立,主要成员有郭沫若、郁达夫、成仿吾等。1929年2月被国民党政府封闭。太阳社,文学团体。1927年下半年在上海成立,主要成员有蒋光慈、钱杏邨、孟超等,提倡革命文学。1928年,创造社和太阳社在关于"革命文学"的论争中,曾对鲁迅进行过批评和攻击。

〔8〕 别一人 指魏建功(1901—1980),江苏海安人,语言文字学家。在《语丝》发表作品署名天行。

〔9〕 "汉出"的《人间世》 半月刊,1936年4月创刊,汉口华中图书公司发行。共出二期(第二期改名为《西北风》)。因当时上海有同名刊物(林语堂编),所以加"汉出"二字。

写于深夜里[1]

一　珂勒惠支教授的版画之入中国

野地上有一堆烧过的纸灰,旧墙上有几个划出的图画,经过的人是大抵未必注意的,然而这些里面,各各藏着一些意义,是爱,是悲哀,是愤怒,……而且往往比叫了出来的更猛烈。也有几个人懂得这意义。

一九三一年——我忘了月份了——创刊不久便被禁止的杂志《北斗》[2]第一本上,有一幅木刻画,是一个母亲,悲哀的闭了眼睛,交出她的孩子去。这是珂勒惠支教授(Prof. Kaethe Kollwitz)的木刻连续画《战争》的第一幅,题目叫作《牺牲》;也是她的版画绍介进中国来的第一幅。

这幅木刻是我寄去的,算是柔石[3]遇害的纪念。他是我的学生和朋友,一同绍介外国文艺的人,尤喜欢木刻,曾经编印过三本欧美作家的作品[4],虽然印得不大好。然而不知道为了什么,突然被捕了,不久就在龙华和别的五个青年作家[5]同时枪毙。当时的报章上毫无记载,大约是不敢,也不能记载,然而许多人都明白他不在人间了,因为这是常有的事。只有他那双目失明的母亲,我知道她一定还以为她的爱子仍在上海翻译和校对。偶然看到德国书店的目录上有这幅

《牺牲》,便将它投寄《北斗》了,算是我的无言的纪念。然而,后来知道,很有一些人是觉得所含的意义的,不过他们大抵以为纪念的是被害的全群。

这时珂勒惠支教授的版画集正在由欧洲走向中国的路上,但到得上海,勤恳的绍介者却早已睡在土里了,我们连地点也不知道。好的,我一个人来看。这里面是穷困,疾病,饥饿,死亡……自然也有挣扎和争斗,但比较的少;这正如作者的自画像,脸上虽有憎恶和愤怒,而更多的是慈爱和悲悯的相同。这是一切"被侮辱和被损害的"[6]的母亲的心的图像。这类母亲,在中国的指甲还未染红的乡下,也常有的,然而人往往嗤笑她,说做母亲的只爱不中用的儿子。但我想,她是也爱中用的儿子的,只因为既然强壮而有能力,她便放了心,去注意"被侮辱的和被损害的"孩子去了。

现在就有她的作品的复印二十一幅,来作证明;并且对于中国的青年艺术学徒,又有这样的益处的——

一,近五年来,木刻已颇流行了,虽然时时受着迫害。但别的版画,较成片段的,却只有一本关于卓伦(Anders Zorn)[7]的书。现在所绍介的全是铜刻和石刻,使读者知道版画之中,又有这样的作品,也可以比油画之类更加普遍,而且看见和卓伦截然不同的技法和内容。

二,没有到过外国的人,往往以为白种人都是对人来讲耶稣道理或开洋行的,鲜衣美食,一不高兴就用皮鞋向人乱踢。有了这画集,就明白世界上其实许多地方都还存在着"被侮辱和被损害的"人,是和我们一气的朋友,而且还有为这些人们悲哀,叫喊和战斗的艺术家。

三,现在中国的报纸上多喜欢登载张口大叫着的希特拉[8]像,当时是暂时的,照相上却永久是这姿势,多看就令人觉得疲劳。现在由德国艺术家的画集,却看见了别一种人,虽然并非英雄,却可以亲近,同情,而且愈看,也愈觉得美,愈觉得有动人之力。

四,今年是柔石被害后的满五年,也是作者的木刻第一次在中国出现后的第五年;而作者,用中国式计算起来,她是七十岁了,这也可以算作一个纪念。作者虽然现在也只能守着沉默,但她的作品,却更多的在远东的天下出现了。是的,为人类的艺术,别的力量是阻挡不住的。

二　略论暗暗的死

这几天才悟到,暗暗的死,在一个人是极其惨苦的事。

中国在革命以前,死囚临刑,先在大街上通过,于是他或呼冤,或骂官,或自述英雄行为,或说不怕死。到壮美时,随着观看的人们,便喝一声采,后来还传述开去。在我年青的时候,常听到这种事,我总以为这情形是野蛮的,这办法是残酷的。

新近在林语堂[9]博士编辑的《宇宙风》里,看到一篇铢堂[10]先生的文章,却是别一种见解。他认为这种对死囚喝采,是崇拜失败的英雄,是扶弱,"理想是不能不算崇高。然而在人群的组织上实在要不得。抑强扶弱,便是永远不愿意有强。崇拜失败英雄,便是不承认成功的英雄。"所以使"凡是古来成功的帝王,欲维持几百年的威力,不定得残害几万几十万无辜的人,方才能博得一时的慑服"。

残害了几万几十万人,还只"能博得一时的慑服",为"成功的帝王"设想,实在是大可悲哀的:没有好法子。不过我并不想替他们划策,我所由此悟到的,乃是给死囚在临刑前可以当众说话,倒是"成功的帝王"的恩惠,也是他自信还有力量的证据,所以他有胆放死囚开口,给他在临死之前,得到一个自夸的陶醉,大家也明白他的收场。我先前只以为"残酷",还不是确切的判断,其中是含有一点恩惠的。我每当朋友或学生的死,倘不知时日,不知地点,不知死法,总比知道的更悲哀和不安;由此推想那一边,在暗室中毕命于几个屠夫的手里,也一定比当众而死的更寂寞。

然而"成功的帝王"是不秘密杀人的,他只秘密一件事:和他那些妻妾的调笑。到得就要失败了,才又增加一件秘密:他的财产的数目和安放的处所;再下去,这才加到第三件:秘密的杀人。这时他也如铢堂先生一样,觉得民众自有好恶,不论成败的可怕了。

所以第三种秘密法,是即使没有策士的献议,也总有一时要采用的,也许有些地方还已经采用。这时街道文明了,民众安静了,但我们试一推测死者的心,却一定比明明白白而死的更加惨苦。我先前读但丁[11]的《神曲》,到《地狱》篇,就惊异于这作者设想的残酷,但到现在,阅历加多,才知道他还是仁厚的了:他还没有想出一个现在已极平常的惨苦到谁也看不见的地狱来。

三　一个童话

看到二月十七日的《DZZ》[12]，有为纪念海涅（H. Heine）[13]死后八十年，勃莱兑勒（Willi Bredel）[14]所作的《一个童话》，很爱这个题目，也来写一篇。

有一个时候，有一个这样的国度。权力者压服了人民，但觉得他们倒都是强敌了，拼音字好像机关枪，木刻好像坦克车；取得了土地，但规定的车站上不能下车。地面上也不能走了，总得在空中飞来飞去；而且皮肤的抵抗力也衰弱起来，一有紧要的事情，就伤风，同时还传染给大臣们，一齐生病。

出版有大部的字典，还不止一部，然而是都不合于实用的，倘要明白真情，必须查考向来没有印过的字典。这里面很有新奇的解释，例如："解放"就是"枪毙"；"托尔斯泰主义"就是"逃走"；"官"字下注云："大官的亲戚朋友和奴才"；"城"字下注云："为防学生出入而造的高而坚固的砖墙"；"道德"条下注云："不准女人露出臂膊"；"革命"条下注云："放大水入田地里，用飞机载炸弹向'匪贼'头上掷之也。"

出版有大部的法律，是派遣学者，往各国采访了现行律，摘取精华，编纂而成的，所以没有一国，能有这部法律的完全和精密。但卷头有一页白纸，只有见过没有印出的字典的人，才能够看出字来，首先计三条：一，或从宽办理；二，或从严办理；三，或有时全不适用之。

自然有法院,但曾在白纸上看出字来的犯人,在开庭时候是决不抗辩的,因为坏人才爱抗辩,一辩即不免"从严办理";自然也有高等法院,但曾在白纸上看出字来的人,是决不上诉的,因为坏人才爱上诉,一上诉即不免"从严办理"。

有一天的早晨,许多军警围住了一个美术学校[15]。校里有几个中装和西装的人在跳着,翻着,寻找着,跟随他们的也是警察,一律拿着手枪。不多久,一位西装朋友就在寄宿舍里抓住了一个十八岁的学生的肩头。

"现在政府派我们到你们这里来检查,请你……"

"你查罢!"那青年立刻从床底下拖出自己的柳条箱来。

这里的青年是积多年的经验,已颇聪明了的,什么也不敢有。但那学生究竟只有十八岁,终于被在抽屉里,搜出几封信来了,也许是因为那些信里面说到他的母亲的困苦而死,一时不忍烧掉罢。西装朋友便子子细细的一字一字的读着,当读到"……世界是一台吃人的筵席,你的母亲被吃去了,天下无数无数的母亲也会被吃去的……"的时候,就把眉头一扬,摸出一枝铅笔来,在那些字上打着曲线,问道:

"这是怎么讲的?"

"…………"

"谁吃你的母亲?世上有人吃人的事情吗?我们吃你的母亲?好!"他凸出眼珠,好像要化为枪弹,打了过去的样子。

"那里!……这……那里!……这……"青年发急了。

但他并不把眼珠射出去,只将信一折,塞在衣袋里;又把那学生的木版,木刻刀和拓片,《铁流》,《静静的顿河》[16],

剪贴的报,都放在一处,对一个警察说:

"我把这些交给你!"

"这些东西里有什么呢,你拿去?"青年知道这并不是好事情。

但西装朋友只向他瞥了一眼,立刻顺手一指,对别一个警察命令道:

"我把这个交给你!"

警察的一跳好像老虎,一把抓住了这青年的背脊上的衣服,提出寄宿舍的大门口去了。门外还有两个年纪相仿的学生[17],背脊上都有一只勇壮巨大的手在抓着。旁边围着一大层教员和学生。

四 又是一个童话

有一天的早晨的二十一天之后,拘留所里开审了。一间阴暗的小屋子里,上面坐着两位老爷,一东一西。东边的一个是马褂,西边的一个是西装,不相信世上有人吃人的事情的乐天派,录口供的。警察吆喝着连抓带拖的弄进一个十八岁的学生来,苍白脸,脏衣服,站在下面。马褂问过他的姓名,年龄,籍贯之后,就又问道:

"你是木刻研究会[18]的会员么?"

"是的。"

"谁是会长呢?"

"Ch……正的,H……副的。"

"他们现在在那里？"

"他们都被学校开除了,我不晓得。"

"你为什么要鼓动风潮呢,在学校里？"

"阿！……"青年只惊叫了一声。

"哼。"马褂随手拿出一张木刻的肖像来给他看,"这是你刻的吗？"

"是的。"

"刻的是谁呢？"

"是一个文学家。"

"他叫什么名字？"

"他叫卢那却尔斯基[19]。"

"他是文学家？——他是那一国人？"

"我不知道！"这青年想逃命,说谎了。

"不知道？你不要骗我！这不是露西亚[20]人吗？这不是明明白白的露西亚红军军官吗？我在露西亚的革命史上亲眼看见他的照片的呀！你还想赖？"

"那里！"青年好像头上受到了铁椎的一击,绝望的叫了一声。

"这是应该的,你是普罗艺术家,刻起来自然要刻红军军官呀！"

"那里……这完全不是……"

"不要强辩了,你总是'执迷不悟'！我们很知道你在拘留所里的生活很苦。但你得从实说来,好使我们早些把你送给法院判决。——监狱里的生活比这里好得多。"

青年不说话——他十分明白了说和不说一样。

"你说,"马褂又冷笑了一声,"你是CP,还是CY[21]？"

"都不是的。这些我什么也不懂！"

"红军军官会刻,CP,CY就不懂了？人这么小,却这样的刁顽！去！"于是一只手顺势向前一摆,一个警察很聪明而熟练的提着那青年就走了。

我抱歉得很,写到这里,似乎有些不像童话了。但如果不称它为童话,我将称它为什么呢？特别的只在我说得出这事的年代,是一九三二年。

五　一封真实的信

"敬爱的先生：

你问我出了拘留所以后的事情么,我现在大略叙述在下面——

在当年的最后一月的最后一天,我们三个被××省[22]政府解到了高等法院。一到就开检查庭。这检察官的审问很特别,只问了三句：

'你叫什么名字？'——第一句；

'今年你几岁？'——第二句；

'你是那里人？'——第三句。

开完了这样特别的庭,我们又被法院解到了军人监狱。有谁要看统治者的统治艺术的全般的么？那只要到军人监狱里去。他的虐杀异己,屠戮人民,不惨酷是不快意的。时局一紧张,就拉出一批所谓重要的政治犯来枪毙,无所谓刑期不刑期的。例如南昌陷于危急的时候[23],曾在三刻钟之内,打死了二十二个;福建人民政府[24]成立时,也枪毙了不少。刑场就是狱里的五亩大的菜园,囚犯的尸体,就靠泥埋在菜园里,上面栽起菜来,当作肥料用。

约莫隔了两个半月的样子,起诉书来了。法官只问我们三句话,怎么可以做起诉书的呢?可以的!原文虽然不在手头,但是我背得出,可惜的是法律的条目已经忘记了——

'……Ch……H……所组织之木刻研究会,系受共党指挥,研究普罗艺术之团体也。被告等皆为该会会员,……核其所刻,皆为红军军官及劳动饥饿者之景象,借以鼓动阶级斗争而示无产阶级必有专政之一日。……'

之后,没有多久,就开审判庭。庭上一字儿坐着老爷五位,威严得很。然而我倒并不怎样的手足无措,因为这时我的脑子里浮出了一幅图画,那是陀密埃(Honoré Daumier)的《法官》[25],真使我赞叹!

审判庭开后的第八日,开最后的判决庭,宣判了。判决书上所开的罪状,也还是起诉书上的那么几句,只在它的后半段里,有——

'核其所为,当依危害民国紧急治罪法第×条,刑法第×百×十×条第×款,各处有期徒刑五年。……然被告等皆年幼无知,误入歧途,不无可悯,特依××法第×千×百×十×条第×款之规定,减处有期徒刑二年六个月。于判决书送到后十日以内,不服上诉……'云云。

我还用得到'上诉'么？'服'得很！反正这是他们的法律！

总结起来，我从被捕到放出，竟游历了三处残杀人民的屠场。现在，我除了感激他们不砍我的头之外，更感激的是增加了我不知几多的知识。单在刑罚一方面，我才晓得现在的中国有：一，抽藤条，二，老虎凳，都还是轻的；三，踏杠，是叫犯人跪下，把铁杠放在他的腿弯上，两头站上彪形大汉去，起先两个，逐渐加到八人；四，跪火链，是把烧红的铁链盘在地上，使犯人跪上去；五，还有一种叫'吃'的，是从鼻孔里灌辣椒水，火油，醋，烧酒……；六，还有反绑着犯人的手，另用细麻绳缚住他的两个大拇指，高悬起来，吊着打，我叫不出这刑罚的名目。

我认为最惨的还是在拘留所里和我同枷的一个年青的农民。老爷硬说他是红军军长，但他死不承认。呵，来了，他们用缝衣针插在他的指甲缝里，用榔头敲进去。敲进去了一只，不承认，敲第二只，仍不承认，又敲第三只……第四只……终于十只指头都敲满了。直到现在，那青年的惨白的脸，凹下的眼睛，两只满是鲜血的手，还时常浮在我的眼前，使我难于忘却！使我苦痛！……

然而，入狱的原因，直到我出来之后才查明白。祸根是在我们学生对于学校有不满之处，尤其是对于训育主任，而他却是省党部的政治情报员。他为了要镇压全体学生的不满，就把仅存的三个木刻研究会会员，抓了去做示威的牺牲了。而那个硬派卢那却尔斯基为红军军官的马褂老爷，又是他的姐夫,多么便利呵!

写完了大略,抬头看看窗外,一地惨白的月色,心里不禁渐渐地冰凉了起来。然而我自信自己还并不怎样的怯弱,然而,我的心冰凉起来了……

愿你的身体康健!

人凡[26]。四月四日,后半夜。"

(附记:从《一个童话》后半起至篇末止,均据人凡君信及《坐牢略记》。四月七日。)

*　　　*　　　*

〔1〕　本篇最初发表于1936年5月上海《夜莺》月刊第一卷第三期。此文是为上海出版的英文期刊《中国呼声》(The Voice of China)而作,英译稿发表于同年6月1日该刊第一卷第六期。

作者1936年4月1日致曹白信中说:"为了一张文学家的肖像,得了这样的罪,是大黑暗,也是大笑话,我想作一点短文,到外国去发表。所以希望你告诉我被捕的原因,年月,审判的情形,定罪的长短(二年四月?),但只要一点大略就够。"又在5月4日信中说:"你的那一篇文章(按指《坐牢略记》),尚找不着适当的发表之处。我只抄了一段,连一封信(略有删去及改易),收在《写在深夜里》的里面。"

〔2〕　《北斗》　文艺月刊。"左联"机关刊物之一,丁玲主编。1931年9月在上海创刊,次年7月出至第二卷第三、四期合刊后因国民党政府压迫停刊,共出八期。

〔3〕　柔石(1902—1931)　原名赵平复,浙江宁海人,共产党员,作家。曾任《语丝》编辑,并与鲁迅等创办朝花社。著有中篇小说《二

月》、短篇小说《为奴隶的母亲》等。1931年2月7日被国民党当局杀害于上海龙华。

〔4〕 三本欧美作家的作品　指印入《艺苑朝华》的《近代木刻选集》第一、二两集和《比亚兹莱画选》。

〔5〕 五个青年作家　应为"四个青年作家"。参看本书第13页注〔21〕。

〔6〕 "被侮辱和被损害的"　原是俄国作家陀思妥耶夫斯基作的长篇小说的书名,这里借用它字面的意思。

〔7〕 卓伦(1860—1920)　瑞典画家、雕刻家和铜版蚀刻画家。

〔8〕 希特拉(A. Hitler,1889—1945)　即希特勒,德国纳粹党首领,德国元首。

〔9〕 林语堂(1895—1976)　福建龙溪人,作家。早年留学美国德国,回国后任北京大学、北京女子师范大学等校教授,参与创办《语丝》。三十年代在上海主编《论语》、《人间世》、《宇宙风》等杂志,提倡所谓性灵幽默文学。《宇宙风》,小品文半月刊,林语堂、陶亢德编辑,1935年9月在上海创刊,1947年8月出至第一五二期停刊。

〔10〕 铢堂　原作铢庵,本名瞿宣颖(1894—1973),字兑之,湖南长沙人。历史学家。著有《长沙瞿氏家乘》、《中国历代社会史料丛钞》等。这里提到的他的文章题为《不以成败论英雄》,刊于《宇宙风》第十三期(1936年3月),文中说:"我们的民族乃是向来不以成败论英雄的。……近人有一句流行话,说中国民族富于同化力,所以辽金元清都并不曾征服中国。其实无非是一种惰性,对于新制度不容易接收罢了。这种惰性与上面所说的不论成败的精神,最有关系。中国人对于失败者过于哀怜,所以对于旧的过于恋惜。对于成功者常怀轻蔑,所以对于新的不容易接收。凡是古来成功的帝王,欲维持几百年的威力,不定得

残害几万几十万无辜的人,方才能博得一时的慑服。……这些话好像都是老生常谈。然而我要藉此点明的意思,乃是中国的社会不树威是难得服帖的。……总而言之,中国人理想是不能不算崇高。然而在人群的组织上实在要不得。抑强扶弱,便是永远不愿意有强。崇拜失败英雄,便是不承认成功的英雄。"

〔11〕 但丁(Dante Alighièri,1265—1321) 意大利诗人。《神曲》是他的代表作,通过作者在阴间游历的幻想,揭露了中世纪贵族和教会的罪恶。全诗分《地狱》、《炼狱》、《天堂》三部。"炼狱"又译作"净界",天主教传说,是人死后入天国前洗净生前罪孽的地方。

〔12〕 《DZZ》 德文《Deutsche Zentral Zeitung》(《德意志中央新闻》)的缩写;是当时在苏联印行的德文日报。

〔13〕 海涅(1797—1856) 德国诗人、政论家,著有《德国——一个冬天的童话》等。2月17日是海涅逝世的日子。

〔14〕 勃莱兑勒(1901—1964) 通译布莱德尔,德国作家。著有长篇小说《考验》和三部曲《亲戚和朋友们》等。

〔15〕 美术学校 指杭州国立艺术专门学校。下文的"一个十八岁的学生"指曹白。

〔16〕 《静静的顿河》 苏联作家萧洛霍夫的长篇小说,当时有贺非从德文译本第一卷上半译出的中译本,上海神州国光社出版。鲁迅曾为它写有《后记》(收入《集外集拾遗》)。

〔17〕 两个年纪相仿的学生 指当时杭州国立艺术专门学校学生郝力群和叶乃芬。郝力群,山西灵石人;叶乃芬(1912—1985),又名叶洛,浙江衢县人。

〔18〕 木刻研究会 指木铃木刻研究会,1933年春成立于杭州,发起人为杭州艺术专门学校学生曹白、郝力群等。

〔19〕 卢那却尔斯基（А. В. Луначарский,1875—1933） 苏联文艺批评家,曾任苏联教育人民委员。

〔20〕 露西亚 俄罗斯的日文译名。

〔21〕 CP 英语 Communist Party 的缩写,即共产党。CY,英语 Communist Youth 的缩写,即共产主义青年团。

〔22〕 ××省 指浙江省。

〔23〕 南昌陷于危急的时候 指1933年4月初国民党对江西中央苏区的第四次"围剿"被粉碎后,红军部队攻克江西新淦、金溪,进逼南昌、抚州的时期。

〔24〕 福建人民政府 1932年1月28日在上海抗击进犯日军的十九路军,停战后被蒋介石调往福建进行反共内战。1933年11月,十九路军将领蒋光鼐、蔡廷锴等联合国民党内一部分势力,在福建省成立"中华共和国人民革命政府",并与红军成立抗日反蒋协定,但不久即在蒋介石的兵力压迫下失败。

〔25〕 陀密埃(1808—1879) 通译杜米埃,法国画家。晚年曾参加巴黎公社革命运动,作品有石版画《立法肚子》等。《法官》是他作的一幅人物画,曾收入鲁迅所译《近代美术史潮论》中。

〔26〕 人凡 即曹白,原名刘萍若,江苏武进人。1933年在杭州国立艺术专门学校学习,因组织木刻研究会,于同年10月被捕,1934年底获释。出狱后曾任小学教师。

三月的租界[1]

今年一月,田军发表了一篇小品,题目是《大连丸上》[2],记着一年多以前,他们夫妇俩怎样幸而走出了对于他们是荆天棘地的大连——

"第二天当我们第一眼看到青岛青青的山角时,我们的心才又从冻结里蠕活过来。

"'啊!祖国!'

"我们梦一般这样叫了!"

他们的回"祖国",如果是做随员,当然没有人会说话,如果是剿匪,那当然更没有人会说话,但他们竟不过来出版了《八月的乡村》[3]。这就和文坛发生了关系。那么,且慢"从冻结里蠕活过来"罢。三月里,就"有人"在上海的租界上冷冷的说道——

"田军不该早早地从东北回来!"

谁说的呢?就是"有人"。为什么呢?因为这部《八月的乡村》"里面有些还不真实"。然而我的传话是"真实"的。有《大晚报》副刊《火炬》的奇怪毫光之一,《星期文坛》上的狄克[4]先生的文章为证——

"《八月的乡村》整个地说,他是一首史诗,可是里面有些还不真实,像人民革命军进攻了一个乡村以后的情况就不够真实。有人这样对我说:'田军不该早早地从东北回来',就是由于他感觉到田军还需要长时间的学习,如果再丰富了自己以后,这部作品当更好。技巧上,内容上,都有许多问题在,为什么没有人指出呢?"

这些话自然不能说是不对的。假如"有人"说,高尔基[5]不该早早不做码头脚夫,否则,他的作品当更好;吉须[6]不该早早逃亡外国,如果坐在希忒拉的集中营里,他将来的报告文学当更有希望。倘使有谁去争论,那么,这人一定是低能儿。然而在三月的租界上,却还有说几句话的必要,因为我们还不到十分"丰富了自己",免于来做低能儿的幸福的时期。

这样的时候,人是很容易性急的。例如罢,田军早早的来做小说了,却"不够真实",狄克先生一听到"有人"的话,立刻同意,责别人不来指出"许多问题"了,也等不及"丰富了自己以后",再来做"正确的批评"。但我以为这是不错的,我们有投枪就用投枪,正不必等候刚在制造或将要制造的坦克车和烧夷弹。可惜的是这么一来,田军也就没有什么"不该早早地从东北回来"的错处了。立论要稳当真也不容易。

况且从狄克先生的文章上看起来,要知道"真实"似乎也无须久留在东北似的,这位"有人"先生和狄克先生大约就留在租界上,并未比田军回来得晚,在东北学习,但他们却知道够不够真实。而且要作家进步,也无须靠"正确"的批评,因为在没有人指出《八月的乡村》的技巧上,内容上的"许多问题"以前,狄克先生也已经断定了:"我相信现在有人在写,或豫备写比《八月的乡村》更好的作品,因为读者需要!"

到这里,就是坦克车正要来,或将要来了,不妨先折断了投枪。

到这里,我又应该补叙狄克先生的文章的题目,是:《我们要执行自我批判》。

题目很有劲。作者虽然不说这就是"自我批判",但却实行着抹杀《八月的乡村》的"自我批判"的任务的,要到他所希望的正式的"自我批判"发表时,这才解除它的任务,而《八月的乡村》也许再有些生机。因为这种模模胡胡的摇头,比列举十大罪状更有害于对手,列举还有条款,含胡的指摘,是可以令人揣测到坏到茫无界限的。

自然,狄克先生的"要执行自我批判"是好心,因为"那些作家是我们底"的缘故。但我以为同时可也万万忘记不得"我们"之外的"他们",也不可专对"我们"之中的"他们"。要批判,就得彼此都给批判,美恶一并指出。如果在还有"我们"和"他们"的文坛上,一味自责以显其"正确"或公平,那其实是在向"他们"献媚或替"他们"缴械。

四月十六日。

* * *

〔1〕 本篇最初发表于1936年5月《夜莺》月刊第一卷第三期。

〔2〕 田军(1907—1988) 原名刘鸿霖,笔名萧军、田军等,辽宁义县人,小说家。《大连丸上》,发表于1936年1月上海《海燕》月刊第一期,当时大连是日本的租借地。

〔3〕 《八月的乡村》 田军作的反映东北人民抗日斗争的长篇

小说,奴隶丛书之一,1935年8月奴隶社出版,假托"上海容光书局"发行。

〔4〕 狄克 张春桥的笔名。张春桥(1917—2005),山东巨野人。当时上海的一个文学青年。他指责《八月的乡村》的文章《我们要执行自我批判》,发表于1936年3月15日的《大晚报·火炬》。

〔5〕 高尔基出生于木工家庭,早年曾当过学徒、码头工人等。

〔6〕 吉须(E. E. Kisch,1885—1948) 也译作基希,捷克报告文学家。用德文写作。希特勒统治时期因反对纳粹政权而逃亡国外。"九一八"事变后曾来过我国,著有《秘密的中国》等。

《出关》的"关"[1]

我的一篇历史的速写《出关》在《海燕》[2]上一发表,就有了不少的批评,但大抵自谦为"读后感"。于是有人说:"这是因为作者的名声的缘故"。话是不错的。现在许多新作家的努力之作,都没有这么的受批评家注意,偶或为读者所发现,销上一二千部,便什么"名利双收"[3]呀,"不该回来"呀,"叽哩咕噜"呀,群起而打之,惟恐他还有活气,一定要弄到此后一声不响,这才算天下太平,文坛万岁。然而别一方面,慷慨激昂之士也露脸了,他戟指大叫道:"我们中国有半个托尔斯泰没有?有半个歌德没有?"惭愧得很,实在没有。不过其实也不必这么激昂,因为从地壳凝结,渐有生物以至现在,在俄国和德国,托尔斯泰和歌德也只有各一个。

我并没有遭着这种打击和恫吓,是万分幸福的,不过这回却想破了向来对于批评都守缄默的老例,来说几句话,这也并无他意,只以为批评者有从作品来批判作者的权利,作者也有从批评来批判批评者的权利,咱们也不妨谈一谈而已。

看所有的批评,其中有两种,是把我原是小小的作品,缩得更小,或者简直封闭了。

一种,是以为《出关》在攻击某一个人。这些话,在朋友闲谈,随意说笑的时候,自然是无所不可的,但若形诸笔墨,昭示读者,自以为得了这作品的魂灵,却未免像后街阿狗的妈妈。她是只知道,也只爱听别人的阴私的。不幸我那《出关》并不合于这一流人的胃口,于是一种小报上批评道:"这好像是在讽刺傅东华,然而又不是。"[4]既然"然而又不是",就可见并不"是在讽刺傅东华"了,这不是该从别处着眼么?然而他因此又觉得毫无意味,一定要实在"是在讽刺傅东华",这才尝出意味来。

这种看法的人们,是并不很少的,还记得作《阿Q正传》时,就曾有小政客和小官僚惶怒,硬说是在讽刺他,殊不知阿Q的模特儿,却在别的小城市中,而他也实在正在给人家捣米。但小说里面,并无实在的某甲或某乙的么?并不是的。倘使没有,就不成为小说。纵使写的是妖怪,孙悟空一个筋斗十万八千里,猪八戒高老庄招亲,在人类中也未必没有谁和他们精神上相像。有谁相像,就是无意中取谁来做了模特儿,不过因为是无意中,所以也可以说是谁竟和书中的谁相像。我们的古人,是早觉得做小说要用模特儿的,记得有一部笔记,说施耐庵[5]——我们也姑且认为真有这作者罢——请画家画了一百零八条梁山泊上的好汉,贴在墙上,揣摩着各人的神情,写成了《水浒》。但这作者大约是文人,所以明白文人的技俩,而不知道画家的能力,以为他倒能凭空创造,用不着模特儿来作标本了。

作家的取人为模特儿,有两法。一是专用一个人,言谈举动,不必说了,连微细的癖性,衣服的式样,也不加改变。这比较的易于描写,但若在书中是一个可恶或可笑的角色,在现在的中国恐怕大抵要认为作者在报个人的私仇——叫作"个人主义",有破坏"联合战线"之罪[6],从此很不容易做人。二是杂取种种人,合成一个,从和作者相关的人们里去找,是不能发见切合的了。但因为"杂取种种人",一部分相像的人也就更其多数,更能招致广大的惶怒。我是一向取后一法的,当初以为可以不触犯某一个人,后来才知道倒触犯了一个以上,真是"悔之无及",既然"无及",也就不悔了。况且这方法也和中国人的习惯相合,例如画家的画人物,也是静观默察,烂熟于心,然后凝神结想,一挥而就,向来不用一个单独的模特儿的。

不过我在这里,并不说傅东华先生就做不得模特儿,他一进小说,是有代表一种人物的资格的;我对于这资格,也毫无轻视之意,因为世间进不了小说的人们倒多得很。然而纵使谁整个的进了小说,如果作者手腕高妙,作品久传的话,读者所见的就只是书中人,和这曾经实有的人倒不相干了。例如《红楼梦》里贾宝玉的模特儿是作者自己曹霑[7],《儒林外史》里马二先生的模特儿是冯执中[8],现在我们所觉得的却只是贾宝玉和马二先生,只有特种学者如胡适之先生之流,这才把曹霑和冯执中念念不忘的记在心儿里[9]:这就是所谓人生有限,而艺术却较为永久的话罢。

还有一种,是以为《出关》乃是作者的自况,自况总得占点上风,所以我就是其中的老子[10]。说得最凄惨的是邱韵铎[11]先生——

"……至于读了之后,留在脑海里的影子,就只是一个全身心都浸淫着孤独感的老人的身影。我真切地感觉着读者是会坠入孤独和悲哀去,跟着我们的作者。要是这样,那么,这篇小说的意义,就要无形地削弱了,我相信,鲁迅先生以及像鲁迅先生一样的作家们的本意是不在这里的。……"(《每周文学》的《海燕读后记》)

这一来真是非同小可,许多人都"坠入孤独和悲哀去",前面一个老子,青牛屁股后面一个作者,还有"以及像鲁迅先生一样的作家们",还有许多读者们连邱韵铎先生在内,竟一窠蜂似的涌"出关"去了。但是,倘使如此,老子就又不"只是一个全身心都浸淫着孤独感的老人的身影",我想他是会不再出关,回上海请我们吃饭,出题目征集文章,做道德五百万言的了。

所以我现在想站在关口,从老子的青牛屁股后面,挽留住"像鲁迅先生一样的作家们"以及许多读者们连邱韵铎先生在内。首先是请不要"坠入孤独和悲哀去",因为"本意是不在这里",邱先生是早知道的,但是没说出在那里,也许看不出在那里。倘是前者,真是"这篇小说的意义,就要无形地削弱了";倘因后者,那么,却是我的文字坏,不够分明的传出"本意"的缘故。现在略说一点,算是敬扫一回两月以前"留在脑海里的影子"罢——

老子的西出函谷,为了孔子的几句话,并非我的发见或创造,是三十年前,在东京从太炎[12]先生口头听来的,后来他写在《诸子学略说》中,但我也并不信为一定的事实。至于孔老相争,孔胜老败,却是我的意见:老,是尚柔的[13];"儒者,柔也"〔14〕,孔也尚柔,但孔以柔进取,而老却以柔退走。这关键,即在孔子为"知其不可为而为之"〔15〕的事无大小,均不放松的实行者,老则是"无为而无不为"〔16〕的一事不做,徒作大言的空谈家。要无所不为,就只好一无所为,因为一有所为,就有了界限,不能算是"无不为"了。我同意于关尹子〔17〕的嘲笑:他是连老婆也娶不成的。于是加以漫画化,送他出了关,毫无爱惜,不料竟惹起邱先生的这样的凄惨,我想,这大约一定因为我的漫画化还不足够的缘故了,然而如果更将他的鼻子涂白,是不只"这篇小说的意义,就要无形地削弱"而已的,所以也只好这样子。

再引一段邱韵铎先生的独白——

"……我更相信,他们是一定会继续地运用他们的心力和笔力,倾注到更有利于社会变革方面,使凡是有利的力量都集中起来,加强起来,同时使凡是可能有利的力量都转为有利的力量,以联结成一个巨大无比的力量。"

一为而"成一个巨大无比的力量",仅次于"无为而无不为"一等,我"们"是没有这种玄妙的本领的,然而我"们"和邱先生不同之处却就在这里,我"们"并不"坠入孤独和悲哀去",而邱先生却会"真切地感觉着读者是会坠入孤独和悲哀去"的关键也在这里。他起了有利于老子的心思,于是不禁写了"巨大无比"的抽象的封条,将我的无利于老子的具象的作品封闭了。但我疑心:邱韵铎先生以及像邱韵铎先生一样的作家们的本意,也许倒只在这里的。

四月三十日。

* * *

〔1〕 本篇最初发表于1936年5月上海《作家》月刊第一卷第二期。

〔2〕 《海燕》 月刊。胡风、聂绀弩、萧军等创办,署史青文编。1936年1月20日在上海创刊,仅出两期即被查禁。《出关》发表于该刊第一期。

〔3〕 "名利双收" 1935年11月24日《社会日报》第三版刊有署名黑二之《四马路来消息三则学学时髦姑名之曰文坛三部曲》中说:"《八月的田间》自鲁迅及鲁系诸人转辗相捧之后,作者田军名利双收"。

〔4〕 关于《出关》是讽刺傅东华的说法,见1936年1月30日上海《小晨报》所载徐北辰《评〈海燕〉》一文,其中说:"自老子被硬请上关,讲学,编讲义,以及得了饽饽等赠品被放行止,一句两句的零碎讽刺很多,但却看不准他究竟在讽刺谁,好像是傅东华,然而也只是好像而已,并没有可下断语的凭据。"傅东华(1893—1971),浙江金华人,翻译家。当时任《文学》月刊主编。

〔5〕 施耐庵 相传为元末明初时钱塘(今浙江杭州)人,长篇小说《水浒传》的作者。旧籍中关于他的记述互有出入,都无确证,所以这里说"姑且认为真有这作者罢"。

〔6〕 破坏"联合战线"之罪 指当时左翼文艺内部一些人对作者的指责。1935年底"左联"解散,另行筹备成立文艺家协会。作者拒绝加入该协会,因而受到责难。作者在1935年4月23日致曹靖华信中谈到此事说:"这里在弄作家协会,……我鉴于往日之给我的伤,拟不加入,但必将又成一大罪状,听之而已。"5月3日致曹靖华信又说:"此间

莲姐家(按指左联)已散,化为傅、郑所主持的大家族(按指文艺家协会),旧人颇有往者,对我大肆攻击,以为意在破坏","令喽罗加以破坏统一的罪名"。

〔7〕 曹霑(？—1763 或 1764) 号雪芹,满洲正白旗"包衣"人,清代小说家,《红楼梦》的作者。贾宝玉是《红楼梦》中的主要人物之一。

〔8〕 《儒林外史》 长篇讽刺小说,清代吴敬梓著。书中人物马二先生(马纯上)是个八股文选家。冯执中,应作冯萃中。清代金和在《儒林外史》跋文中说:"马纯上者,冯萃中。"

〔9〕 胡适在1921年所写的《红楼梦考证》中说:"《红楼梦》这部书是曹雪芹的自叙传","《红楼梦》是一部隐去真事的自叙:里面的甄贾两宝玉,即是曹雪芹自己的化身;甄贾两府即是当日曹家的影子"。

〔10〕 老子(约前571—？) 姓李名耳,字伯阳,外字(号)聃,春秋时楚国人,道家学派的创始人。相传孔丘向他问过礼。后来他西出函谷关而去。现存《老子》一书,分《道经》、《德经》上下两篇,是战国时人编纂的老聃的言论集。

〔11〕 邱韵铎(1907—？) 后改名邱瑝峰,上海人,曾任创造社出版部主任。后担任过重庆《新华日报》资料室主任。他的《海燕读后记》发表于1936年2月11日上海《时事新报·每周文学》第二十一期。

〔12〕 太炎 即章炳麟(1869—1936),字枚叔,号太炎,浙江余杭人,清末革命家、学者。光复会发起人之一,后参加同盟会,主编《民报》。参看本书《关于太炎先生二三事》及其注〔2〕。《诸子学略说》是他述评春秋战国时诸子百家学说的著作,其中论及老子出关事说:"老子以其权术授之孔子,而征藏故书,亦悉为孔子诈取。孔子之权术,乃有过于老子者。孔学本出于老,以儒道之形式有异,不欲崇奉以为本

师;而惧老子发其覆也,于是说老子曰:乌鹊孺,鱼傅沫,细要者化,有弟而兄啼。(原注:见《庄子·天运篇》。意谓己述六经,学皆出于老子,吾书先成,子名将夺,无可如何也。)老子胆怯,不得不曲从其请。逢蒙杀羿之事,又其素所怵惕也。胸有不平,欲一举发,而孔氏之徒偏布东夏,吾言朝出,首领可以夕断。于是西出函谷,知秦地之无儒,而孔氏之无如我何,则始著《道德经》,以发其覆。借令其书早出,则老子必不免于杀身,如少正卯在鲁,与孔子并,孔子之门,三盈三虚,犹以争名致戮,而况老子之陵驾其上者乎?"(见1906年《国粹学报》第二年第四册。)

〔13〕 老,是尚柔的 《老子》上篇有"柔胜刚,弱胜强"的话。

〔14〕 "儒者,柔也" 语出许慎《说文解字》卷八。

〔15〕 "知其不可为而为之" 语出《论语·宪问》:"子路宿于石门,晨门曰:'奚自?'子路曰:'自孔氏。'曰:'是知其不可而为之者与?'"

〔16〕 "无为而无不为" 语出《老子》上篇:"道常无为而无不为;侯王若能守,万物将自化。"下篇:"上德无为而无不为,下德为之而无以为。"

〔17〕 关尹子 相传是春秋末函谷关的关尹。

《呐喊》捷克译本序言[1]

记得世界大战之后,许多新兴的国家出现的时候,我们曾经非常高兴过,因为我们也是曾被压迫,挣扎出来的人民。捷克的兴起[2],自然为我们所大欢喜;但是奇怪,我们又很疏远,例如我,就没有认识过一个捷克人,看见过一本捷克书,前几年到了上海,才在店铺里目睹了捷克的玻璃器。

我们彼此似乎都不很互相记得。但以现在的一般情况而论,这并不算坏事情,现在各国的彼此念念不忘,恐怕大抵未必是为了交情太好了的缘故。自然,人类最好是彼此不隔膜,相关心。然而最平正的道路,却只有用文艺来沟通,可惜走这条道路的人又少得很。

出乎意外地,译者竟首先将试尽这任务的光荣,加在我这里了。我的作品,因此能够展开在捷克的读者的面前,这在我,实在比被译成通行很广的别国语言更高兴。我想,我们两国,虽然民族不同,地域相隔,交通又很少,但是可以互相了解,接近的,因为我们都曾经走过苦难的道路,现在还在走——一面寻求着光明。

一九三六年七月二十一日,鲁迅。

＊　　＊　　＊

〔1〕　本篇是作者应捷克汉学家普实克博士(Dr. J. Průšek,1907—1980)之请而写的。1936年10月20日上海出版的《中流》半月刊第一卷第四期曾据作者所存底稿刊出,题作《捷克文译本〈短篇小说选集〉序》。1937年收入《且介亭杂文末编》时,编者据底稿改题为《捷克译本》。现据《呐喊》捷克译本(《Vřaua》)书前影印的手迹排印。捷克文译本译者为普实克和弗拉斯塔·诺沃特娜(V. Novotná),收《呐喊》中小说八篇。1937年12月布拉格"人民文化"出版社出版。

〔2〕　捷克的兴起　捷克和斯洛伐克原先长期受奥匈帝国统治,第一次世界大战结束时,于1918年10月宣告独立,联合成立捷克斯洛伐克共和国。

答徐懋庸并关于抗日统一战线问题[1]

鲁迅先生：

贵恙已痊愈否？念念。自先生一病，加以文艺界的纠纷，我就无缘再亲聆　教诲，思之常觉怆然！

我现因生活困难，身体衰弱，不得不离开上海，拟往乡间编译一点卖现钱的书后，再来沪上。趁此机会，暂作上海"文坛"的局外人，仔细想想一切问题，也许会更明白些的罢。

在目前，我总觉得先生最近半年来的言行，是无意地助长着恶劣的倾向的。以胡风的性情之诈，以黄源的行为之谄，先生都没有细察，永远被他们据为私有，眩惑群众，若偶像然，于是从他们的野心出发的分离运动，遂一发而不可收拾矣。胡风他们的行动，显然是出于私心的，极端的宗派运动，他们的理论，前后矛盾，错误百出。即如"民族革命战争的大众文学"这口号，起初原是胡风提出来用以和"国防文学"对立的，后来说一个是总的，一个是附属的，后来又说一个是左翼文学发展到现阶段的口号，如此摇摇荡荡，即先生亦不能替他们圆其说。对于他们的言行，打击本极易，但徒以有先生作着他们的盾牌，人谁不爱先生，所以在实际解决和文字斗争上都感到绝大的困难。

我很知道先生的本意。先生是唯恐参加统一战线的左翼战友，放弃原来的立场，而看到胡风们在样子上尚左得可爱；所以赞同了他们的。但我要告诉先生，这是先生对于现在的基本的政策没有了解之故。现在的统一战线——中国的和全世界的都一样——固然是以普洛为主体的，但其成为主体，并不由于它的名义，它的特殊地位和历史，而是由于它的把握现实的正确和斗争能力的巨大。所以在客观上，普洛之为主体，是当然的。但在主观上，普洛不应该挂起明显的徽章，不以工作，只以特殊的资格去要求领导权，以至吓跑别的阶层的战友。所以，在目前的时候，到联合战线中提出左翼的口号来，是错误的，是危害联合战线的。所以先生最近所发表的《病中答客问》，既说明"民族革命战争的大众文学"是普洛文学到现在的一发展，又说这应该作为统一战线的总口号，这是不对的。

再说参加"文艺家协会"的"战友"，未必个个右倾堕落，如先生所疑虑者；况集合在先生的左右的"战友"，既然包括巴金和黄源之流，难道先生以为凡参加"文艺家协会"的人们，竟个个不如巴金和黄源么？我从报章杂志上，知道法西两国"安那其"之反动，破坏联合战线，无异于托派，中国的"安那其"的行为，则更卑劣。黄源是一个根本没有思想，只靠捧名流为生的东西。从前他奔走于傅郑门下之时，一副谄佞之相，固不异于今日之对先生效忠致敬。先生可与此辈为伍，而不屑与多数人合作，此理我实不解。

我觉得不看事而只看人，是最近半年来先生的错误的根由。先生的看人又看得不准。譬如,我个人,诚然是有许多缺点的,但先生却把我写字糊涂这一层当作大缺点,我觉得实在好笑。(我为什么故意要把"邱韵铎"三字,写成像"郑振铎"的样子呢?难道郑振铎是先生所喜欢的人么?)为此小故,遽拒一个人于千里之外,我实以为不对。

我今天就要离沪,行色匆匆,不能多写了,也许已经写得太多。以上所说,并非存心攻击先生,实在很希望先生仔细想一想各种事情。

拙译《斯太林传》快要出版,出版后当寄奉一册,此书甚望先生细看一下,对原意和译文,均望批评。敬颂
痊安。

懋庸上。八月一日。

以上,是徐懋庸[2]给我的一封信,我没有得他同意就在这里发表了,因为其中全是教训我和攻击别人的话,发表出来,并不损他的威严,而且也许正是他准备我将它发表的作品。但自然,人们也不免因此看得出:这发信者倒是有些"恶劣"的青年!

但我有一个要求:希望巴金,黄源,胡风[3]诸先生不要学徐懋庸的样。因为这信中有攻击他们的话,就也报答以牙眼,那恰正中了他的诡计。在国难当头的现在,白天里讲些冠冕堂皇的话,暗夜里进行一些离间,挑拨,分裂的勾当的,不就正是这些人么?这封信是有计划的,是他们向没有加入"文艺家协会"[4]的人们的新的挑战,想这些人们去应战,那时他们

答徐懋庸并关于抗日统一战线问题

就加你们以"破坏联合战线"的罪名,"汉奸"的罪名。然而我们不,我们决不要把笔锋去专对几个个人,"先安内而后攘外"[5],不是我们的办法。

但我在这里,有些话要说一说。首先是我对于抗日的统一战线的态度。其实,我已经在好几个地方说过了,然而徐懋庸等似乎不肯去看一看,却一味的咬住我,硬要诬陷我"破坏统一战线",硬要教训我说我"对于现在基本的政策没有了解"。我不知道徐懋庸们有什么"基本的政策"。(他们的基本政策不就是要咬我几口么?)然而中国目前的革命的政党向全国人民所提出的抗日统一战线的政策,我是看见的,我是拥护的,我无条件地加入这战线,那理由就因为我不但是一个作家,而且是一个中国人,所以这政策在我是认为非常正确的,我加入这统一战线,自然,我所使用的仍是一枝笔,所做的事仍是写文章,译书,等到这枝笔没有用了,我可自己相信,用起别的武器来,决不会在徐懋庸等辈之下!

其次,我对于文艺界统一战线的态度。我赞成一切文学家,任何派别的文学家在抗日的口号之下统一起来的主张。我也曾经提出过我对于组织这种统一的团体的意见过,那些意见,自然是被一些所谓"指导家"格杀了,反而即刻从天外飞来似地加我以"破坏统一战线"的罪名。这首先就使我暂不加入"文艺家协会"了,因为我要等一等,看一看,他们究竟干的什么勾当;我那时实在有点怀疑那些自称"指导家"以及徐懋庸式的青年,因为据我的经验,那种表面上扮着"革命"的面孔,而轻易诬陷别人为"内奸",为"反革命",为"托派",

以至为"汉奸"者,大半不是正路人;因为他们巧妙地格杀革命的民族的力量,不顾革命的大众的利益,而只借革命以营私,老实说,我甚至怀疑过他们是否系敌人所派遣。我想,我不如暂避无益于人的危险,暂不听他们指挥罢。自然,事实会证明他们到底的真相,我决不愿来断定他们是什么人,但倘使他们真的志在革命与民族,而不过心术的不正当,观念的不正确,方式的蠢笨,那我就以为他们实有自行改正一下的必要。我对于"文艺家协会"的态度,我认为它是抗日的作家团体,其中虽有徐懋庸式的人,却也包含了一些新的人;但不能以为有了"文艺家协会",就是文艺界的统一战线告成了,还远得很,还没有将一切派别的文艺家都联为一气。那原因就在"文艺家协会"还非常浓厚的含有宗派主义和行帮情形。不看别的,单看那章程,对于加入者的资格就限制得太严;就是会员要缴一元入会费,两元年费,也就表示着"作家阀"的倾向,不是抗日"人民式"的了。在理论上,如《文学界》[6]创刊号上所发表的关于"联合问题"和"国防文学"的文章,是基本上宗派主义的;一个作者引用了我在一九三〇年讲的话,并以那些话为出发点,因此虽声声口口说联合任何派别的作家,而仍自己一相情愿的制定了加入的限制与条件[7]。这是作者忘记了时代。我以为文艺家在抗日问题上的联合是无条件的,只要他不是汉奸,愿意或赞成抗日,则不论叫哥哥妹妹,之乎者也,或鸳鸯蝴蝶[8]都无妨。但在文学问题上我们仍可以互相批判。这个作者又引例了法国的人民阵线[9],然而我以为这又是作者忘记了国度,因为我们的抗日人民统一战线是比法国的人民阵线还要广泛得多的。另一个作者解释"国防文学",说"国防文学"必须有正确的创作方法,又说现在不是"国防文学"就是"汉奸文学",欲以"国防文学"一口号去统一作家,也先豫备了"汉奸文学"这名词作为后日批评别人之用[10]。这实在是出色的宗派主义的理论。我以为应当说:作家在"抗日"的旗帜,或者在"国防"的旗帜之下联合起来;不能说:作家在"国防文学"的口号下联合起来,因为有些作者不写"国防为主题"的作品,仍可从各方面来参加抗日的联合战线;即使他像我一样没有加入"文艺家协会",也未必就是"汉奸"。"国防文学"不能包括一切文学,因为在"国防文学"与"汉奸文学"之外,确有既非前者也非后者的文学,除非他们有本领也证明了《红楼梦》,《子夜》,《阿Q正传》是"国防文学"或"汉奸文学"。这种文学存在着,但它不是杜衡,韩侍桁,杨邨人之流的什么"第三种文学"[11]。因此,我很同意郭沫若[12]先生的"国防文艺是广义的爱国主义的文学"和"国防文艺是作家关系间的标帜,不是作品原则上的标帜"的意见。我提议"文艺家协会"应该克服它的理论上与行动上的宗派主义与行帮现象,把限度放得更宽些,同时最好将所谓"领导权"移到那些确能认真做事的作家和青年手里去,不能专让徐懋庸之流的人在包办。至于我个人的加入与否,却并非重要的事。

其次,我和"民族革命战争的大众文学"这口号的关系。徐懋庸之流的宗派主义也表现在对于这口号的态度上。他们既说这是"标新立异"[13],又说是与"国防文学"对抗。我真料不到他们会宗派到这样的地步。只要"民族革命战争的大众文学"的口号不是"汉奸"的口号,那就是一种抗日的力量;为什么这是"标新立异"？你们从那里看出这是与"国防文学"对抗？拒绝友军之生力的,暗暗的谋杀抗日的力量的,是你们自己的这种比"白衣秀士"王伦[14]还要狭小的气魄。我以为在抗日战线上是任何抗日力量都应当欢迎的,同时在文学上也应当容许各人提出新的意见来讨论,"标新立异"也并不可怕;这和商人的专卖不同,并且事实上你们先前提出的"国防文学"的口号,也并没有到南京政府或"苏维埃"政府去注过册。但现在文坛上仿佛已有"国防文学"牌与"民族革命战争大众文学"牌的两家,这责任应该徐懋庸他们来负,我在病中答访问者的一文[15]里是并没有把它们看成两家的。自然,我还得说一说"民族革命战争的大众文学"这口号的无误及其与"国防文学"口号之关系。——我先得说,前者这口号不是胡风提的,胡风做过一篇文章是事实[16],但那是我请他做的,他的文章解释得不清楚也是事实。这口号,也不是我一个人的"标新立异",是几个人大家经过一番商议的,茅盾[17]先生就是参加商议的一个。郭沫若先生远在日本,被侦探监视着,连去信商问也不方便。可惜的就只是没有邀请徐懋庸们来参加议讨。但问题不在这口号由谁提出,只在它有没有错误。如果它是为了推动一向囿于普洛革命文学的左翼作家们跑到抗日的民族革命战争的前线上去,它是为了补救"国防文学"这名词本身的在文学思想的意义上的不明了性,以及纠正一些注进"国防文学"这名词里去的不正确的意见,为了这些理由而被提出，那么它是正当的，正确的。如果人不用脚底皮去思想，而是用过一点脑子，那就不能随便说句"标新立异"就完事。"民族革命战争的大众文学"这名词，在本身上，比"国防文学"这名词，意义更明确，更深刻，更有内容。"民族革命战争的大众文学"，主要是对前进的一向称左翼的作家们提倡的，希望这些作家们努力向前进，在这样的意义上，在进行联合战线的现在，徐懋庸说不能提出这样的口号，是胡说！"民族革命战争的大众文学"，也可以对一般或各派作家提倡的，希望的，希望他们也来努力向前进，在这样的意义上，说不能对一般或各派作家提这样的口号，也是胡说！但这不是抗日统一战线的标准，徐懋庸说我"说这应该作为统一战线的总口号"，更是胡说！我问徐懋庸究竟看了我的文章没有？人们如果看过我的文章，如果不以徐懋庸他们解释"国防文学"的那一套来解释这口号，如聂绀弩[18]等所致的错误，那么这口号和宗派主义或关门主义是并不相干的。这里的"大众"，即照一向的"群众"，"民众"的意思解释也可以，何况在现在，当然有"人民大众"这意思呢。我说"国防文学"是我们目前文学运动的具体口号之一，为的是"国防文学"这口号，颇通俗，已经有很多人听惯，它能扩大我们政治的和文学的影响，加之它可以解释为作家在国防旗帜下联合，为广义的爱国主义的文学的缘故。因此，它即使曾被不正确的解释，它本身含义上有缺陷，它仍应当存在，因为存在对于抗日运动有利益。我以为这两个口号的并存，不必像辛人[19]先生的"时期性"与"时候性"的说法，我更不赞成人们以各种的限制加到"民族革命战争的大众文学"上。如果一定要以为"国防文学"提出在先,这是正统,那么就将正统权让给要正统的人们也未始不可,因为问题不在争口号,而在实做;尽管喊口号,争正统,固然也可作为"文章",取点稿费,靠此为生,但尽管如此,也到底不是久计。

最后,我要说到我个人的几件事。徐懋庸说我最近半年的言行,助长着恶劣的倾向。我就检查我这半年的言行。所谓言者,是发表过四五篇文章,此外,至多对访问者谈过一些闲天,对医生报告我的病状之类;所谓行者,比较的多一点,印过两本版画,一本杂感[20],译过几章《死魂灵》[21],生过三个月的病,签过一个名[22],此外,也并未到过咸肉庄[23]或赌场,并未出席过什么会议。我真不懂我怎样助长着,以及助长什么恶劣倾向。难道因为我生病么?除了怪我生病而竟不死以外,我想就只有一个说法:怪我生病,不能和徐懋庸这类恶劣的倾向来搏斗。

其次,是我和胡风,巴金,黄源诸人的关系。我和他们,是新近才认识的,都由于文学工作上的关系,虽然还不能称为至交,但已可以说是朋友。不能提出真凭实据,而任意诬我的朋友为"内奸",为"卑劣"者,我是要加以辩正的,这不仅是我的交友的道义,也是看人看事的结果。徐懋庸说我只看人,不看事,是诬枉的,我就先看了一些事,然后看见了徐懋庸之类的人。胡风我先前并不熟识,去年的有一天,一位名人[24]约我谈话了,到得那里,却见驶来了一辆汽车,从中跳出四条汉子:田汉,周起应,还有另两个,[25]一律洋服,态度轩昂,说是特来通知我：胡风乃是内奸，官方派来的。我问凭据，则说是得自转向以后的穆木天[26]口中。转向者的言谈，到左联就奉为圣旨，这真使我口呆目瞪。再经几度问答之后，我的回答是：证据薄弱之极，我不相信！当时自然不欢而散，但后来也不再听人说胡风是"内奸"了。然而奇怪，此后的小报，每当攻击胡风时，便往往不免拉上我，或由我而涉及胡风。最近的则如《现实文学》[27]发表了O. V. 笔录的我的主张以后，《社会日报》就说O. V. 是胡风，笔录也和我的本意不合，稍远的则如周文[28]向傅东华抗议删改他的小说时，同报也说背后是我和胡风。最阴险的则是同报在去年冬或今年春罢，登过一则花边的重要新闻：说我就要投降南京，从中出力的是胡风，或快或慢，要看他的办法[29]。我又看自己以外的事：有一个青年，不是被指为"内奸"，因而所有朋友都和他隔离，终于在街上流浪，无处可归，遂被捕去，受了毒刑的么？又有一个青年，也同样的被诬为"内奸"，然而不是因为参加了英勇的战斗，现在坐在苏州狱中，死活不知么？这两个青年就是事实证明了他们既没有像穆木天等似的做过堂皇的悔过的文章，也没有像田汉似的在南京大演其戏[30]。同时，我也看人：即使胡风不可信，但对我自己这人，我自己总还可以相信的，我就并没有经胡风向南京讲条件的事。因此，我倒明白了胡风鲠直，易于招怨，是可接近的，而对于周起应之类，轻易诬人的青年，反而怀疑以至憎恶起来了。自然，周起应也许别有他的优点。也许后来不复如此，仍将成为一个真的革命者；胡风也自有他的缺点，神经质，繁琐，以及在理论上的有些拘泥的倾向,文字的不肯大众化,但他明明是有为的青年,他没有参加过任何反对抗日运动或反对过统一战线,这是纵使徐懋庸之流用尽心机,也无法抹杀的。

至于黄源,我以为是一个向上的认真的译述者,有《译文》这切实的杂志和别的几种译书为证。巴金是一个有热情的有进步思想的作家,在屈指可数的好作家之列的作家,他固然有"安那其主义者"[31]之称,但他并没有反对我们的运动,还曾经列名于文艺工作者联名的战斗的宣言[32]。黄源也签了名的。这样的译者和作家要来参加抗日的统一战线,我们是欢迎的,我真不懂徐懋庸等类为什么要说他们是"卑劣"?难道因为有《译文》存在碍眼?难道连西班牙的"安那其"的破坏革命[33],也要巴金负责?

还有,在中国近来已经视为平常,而其实不但"助长",却正是"恶劣的倾向"的,是无凭无据,却加给对方一个很坏的恶名。例如徐懋庸的说胡风的"诈",黄源的"谄",就都是。田汉周起应们说胡风是"内奸",终于不是,是因为他们发昏;并非胡风诈作"内奸",其实不是,致使他们成为说谎。《社会日报》说胡风拉我转向,而至今不转,是撰稿者有意的诬陷;并非胡风诈作拉我,其实不拉,以致记者变了造谣。胡风并不"左得可爱",但我以为他的私敌,却实在是"左得可怕"的。黄源未尝作文捧我,也没有给我做过传,不过专办着一种月刊,颇为尽责,舆论倒还不坏,怎么便是"谄",怎么便是对于我的"效忠致敬"?难道《译文》是我的私产吗?黄源"奔走于傅郑[34]门下之时,一副谄佞之相",徐懋庸大概是奉谕知道的了,但我不知道,也没有见过,至于他和我的往还,却不见有"谄佞之相",而徐懋庸也没有一次同在,我不知道他凭着什么,来断定和谄佞于傅郑门下者"无异"?当这时会,我也就是证人,而并未实见的徐懋庸,对于本身在场的我,竟可以如此信口胡说,含血喷人,这真可谓横暴恣肆,达于极点了。莫非这是"了解"了"现在的基本的政策"之故吗?"和全世界都一样"的吗?那么,可真要吓死人!

其实"现在的基本政策"是决不会这样的好像天罗地网的。不是只要"抗日",就是战友吗?"诈"何妨,"谄"又何妨?又何必定要剿灭胡风的文字,打倒黄源的《译文》呢,莫非这里面都是"二十一条"〔35〕和"文化侵略"吗?首先应该扫荡的,倒是拉大旗作为虎皮,包着自己,去吓呼别人;小不如意,就倚势(!)定人罪名,而且重得可怕的横暴者。自然,战线是会成立的,不过这吓成的战线,作不得战。先前已有这样的前车,而覆车之鬼,至死不悟,现在在我面前,就附着徐懋庸的肉身而出现了。

在左联〔36〕结成的前后,有些所谓革命作家,其实是破落户的漂零子弟。他也有不平,有反抗,有战斗,而往往不过是将败落家族的妇姑勃谿,叔嫂斗法的手段,移到文坛上。喊喊嚷嚷,招是生非,搬弄口舌,决不在大处着眼。这衣钵流传不绝。例如我和茅盾,郭沫若两位,或相识,或未尝一面,或未冲突,或曾用笔墨相讥,但大战斗却都为着同一的目标,决不日夜记着个人的恩怨。然而小报却偏喜欢记些鲁比茅如何,郭对鲁又怎样,好像我们只在争座位,斗法宝。就是《死魂灵》,

当《译文》停刊后,《世界文库》上也登完第一部的,但小报却说"郑振铎腰斩《死魂灵》",或鲁迅一怒中止了翻译。这其实正是恶劣的倾向,用谣言来分散文艺界的力量,近于"内奸"的行为的。然而也正是破落文学家最末的道路。

我看徐懋庸也正是一个喊喊嚓嚓的作者,和小报是有关系了,但还没有坠入最末的道路。不过也已经胡涂得可观。(否则,便是骄横了。)例如他信里说:"对于他们的言行,打击本极易,但徒以有先生作他们的盾牌,……所以在实际解决和文字斗争上都感到绝大的困难。"是从修身上来打击胡风的诈,黄源的诳,还是从作文上来打击胡风的论文,黄源的《译文》呢?——这我倒并不急于知道;我所要问的是为什么我认识他们,"打击"就"感到绝大的困难"?对于造谣生事,我固然决不肯附和,但若徐懋庸们义正词严,我能替他们一手掩尽天下耳目的吗?而且什么是"实际解决"?是充军,还是杀头呢?在"统一战线"这大题目之下,是就可以这样锻炼人罪,戏弄威权的?我真要祝祷"国防文学"有大作品,倘不然,也许又是我近半年来,"助长着恶劣的倾向"的罪恶了。

临末,徐懋庸还叫我细细读《斯太林传》[37]。是的,我将细细的读,倘能生存,我当然仍要学习;但我临末也请他自己再细细的去读几遍,因为他翻译时似乎毫无所得,实有从新细读的必要。否则,抓到一面旗帜,就自以为出人头地,摆出奴隶总管的架子,以鸣鞭为唯一的业绩——是无药可医,于中国也不但毫无用处,而且还有害处的。

八月三——六日。

答徐懋庸并关于抗日统一战线问题

* * * *

〔1〕 本篇最初发表于1936年8月《作家》月刊第一卷第五期。

鲁迅当时在病中,本文由冯雪峰根据鲁迅的意见拟稿,经鲁迅补充、修改而成。

1935年后半年,中国共产党确定了建立抗日民族统一战线的政策,得到全国人民的热烈拥护,促进了抗日高潮的到来。当时上海左翼文化运动的党内领导者(以周扬、夏衍等为主)受中国共产党驻共产国际代表团一些人委托萧三写信建议的影响,认识到左翼作家联盟工作中确实存在着"左"的关门主义和宗派主义倾向,认为"左联"这个组织已不能适应新的形势,在这年年底决定"左联"自动解散,并筹备成立以抗日救亡为宗旨的"文艺家协会"。"左联"的解散曾经由茅盾征求过鲁迅的意见,鲁迅曾表示同意,但是对于决定和实行这一重要步骤的方式比较简单,不够郑重,他是不满意的。其后周扬等提出"国防文学"的口号,号召各阶层、各派别的作家参加抗日民族统一战线,努力创作抗日救亡的文艺作品。但在"国防文学"口号的宣传中,有的作者片面强调必须以"国防文学"作为共同的创作口号;有的作者忽视了无产阶级在统一战线中的领导作用。鲁迅注意到这些情况,提出了"民族革命战争的大众文学"的口号,作为对于左翼作家的要求和对于其他作家的希望。革命文艺界围绕这两个口号的问题进行了尖锐的争论。鲁迅在6月间发表的《答托洛斯基派的信》和《论现在我们的文学运动》中,已经表明了他对于抗日民族统一战线政策和当时文学运动的态度,在本文中进一步说明了他的见解。

〔2〕 徐懋庸(1910—1977) 浙江上虞人,作家,左联成员。曾编辑《新语林》半月刊和《芒种》半月刊。

〔3〕 巴金(1904—2005) 原名李芾甘,四川成都人,作家、翻译家。著有长篇小说《家》、《春》、《秋》等。黄源(1905—2003),浙江海盐

人，翻译家。曾任《文学》月刊编辑、《译文》月刊编辑。胡风(1902—1985)，原名张光人，湖北蕲春人，文艺理论家，"左联"成员。

〔4〕 "文艺家协会" 全名"中国文艺家协会"。1936年6月7日成立于上海。该会的宣言发表于《文学界》月刊第一卷第二期(1936年7月)。

〔5〕 "先安内而后攘外" 这是国民党政府所奉行的对内反共，对日不抵抗的政策。蒋介石在1931年7月23日发表的《告全国同胞书》中提出"攘外必先安内"的方针。在同年11月30日外交部长顾维钧宣誓就职会上的"亲书训词"中又提出："攘外必先安内，统一方能御侮。"1933年4月10日在南昌对国民党将领演讲时，又一次提出"抗日必先反共，安内始能攘外"。

〔6〕《文学界》 月刊，周渊编辑，1936年6月创刊于上海，出至第四期停刊。这里所说"关于'联合问题'和'国防文学'的文章"，指何家槐的《文艺界联合问题我见》和周扬的《关于国防文学》。

〔7〕 何家槐在《文艺界联合问题我见》一文中，引用了鲁迅在《对于左翼作家联盟的意见》中"我以为战线应该扩大"和"我以为联合战线是以有共同目的为必要条件"的两段话。

〔8〕 鸳鸯蝴蝶 兴起于清末民初的一个文学流派。这派作品多以文言描写才子佳人的哀情故事，常以鸳鸯蝴蝶来比喻这些才子佳人，故被称为鸳鸯蝴蝶体。代表作家有徐枕亚、陈蝶仙、李定夷等。他们出版的刊物有《民权素》、《小说丛报》、《小说新报》、《礼拜六》、《小说世界》等，其中《礼拜六》刊载白话作品，影响最大，故鸳鸯蝴蝶派又有"礼拜六派"之称。

〔9〕 法国的人民阵线 1935年在共产国际第七次代表大会政策改变的影响下成立的法国反法西斯统一战线组织，参加者为共产党、

社会党、激进社会党和其他党派。按何家槐在《文艺界联合问题我见》一文中,未引例法国的人民阵线。该文只是说:"这里,我们可以举引国外的例证。如去年6月举行的巴黎保卫文化大会,在那到会的代表二十多国,人数多至二百七八十人的作家和学者之中,固然有进步的作家和评论家如巴比塞、勃洛克、马洛、罗曼罗兰、尼善、基希、潘菲洛夫、伊凡诺夫等等,可是同时也包含了福斯脱、赫胥黎、以及耿痕脱这些比较落后的作家。"

〔10〕 指周扬在《关于国防文学》一文中说:"国防的主题应当成为汉奸以外的一切作家的作品之最中心的主题。""国防文学的创作必需采取进步的现实主义的方法。"

〔11〕 杜衡(1906—1964) 原名戴克崇,笔名杜衡、苏汶,浙江杭县(今余杭)人,"第三种人"的代表人物。曾编辑《现代》月刊。杨邨人(1901—1955),广东潮安人。1925年加入中国共产党,1928年参加太阳社,1932年叛变革命。韩侍桁(1908—1987),天津人,作家。1935年5月他们三人合办《星火》文艺月刊,由上海杂志公司发行,1936年1月出第二卷第三期后停刊,共出七期,鼓吹所谓"第三种文学",和杜衡"第三种人"的主张相呼应。

〔12〕 郭沫若(1892—1978) 四川乐山人,文学家、历史学家、社会活动家。这里所引的话,见他在1936年7月《文学界》月刊第一卷第二期发表的《国防·污池·炼狱》:"我觉得国防文艺……应该包含着各种各样的文艺作品,由纯粹社会主义的以至于狭义爱国主义的,但只要不是卖国的,不是为帝国主义作伥的东西……我觉得'国防文艺'应该是作家关系间的标帜,而不是作品原则上的标帜。并不是……一定要声声爱国,一定要句句救亡,然后才是'国防文艺'……我也相信,'国防文艺'可以称为广义的爱国文艺。"

〔13〕 徐懋庸的话见于他在《光明》半月刊创刊号(1936年6月

10日)发表的《"人民大众向文学要求什么?"》一文:"关于现阶段的中国大众所需要的文学,早已有人根据政治情势以及文化界一致的倾向,提出'国防文学'的口号,而且已经为大众所认识,所拥护。但在胡风先生的论文里,对于这个口号……不予批评而另提关于同一运动的新口号,……是不是故意标新立异,要混淆大众的视听,分化整个新文艺运动的路线呢?"

〔14〕 "白衣秀士"王伦 小说《水浒传》中的人物,见该书第十一、十九回。他原是秀才,最初聚众梁山泊的首领。嫉贤妒能,拒绝林冲、晁盖等豪杰入伙聚义,终被林冲火并。

〔15〕 即收入本书的《论现在我们的文学运动》。

〔16〕 指胡风的《人民大众向文学要求什么?》,发表于《文学丛报》第三期(1936年6月),其中谈到"民族革命战争的大众文学"这口号。

〔17〕 茅盾(1896—1981) 沈雁冰的笔名,浙江桐乡人,作家、文学评论家、社会活动家,文学研究会的主要成员。

〔18〕 聂绀弩(1903—1986) 湖北京山人,作家,左联成员。他在1936年6月《夜莺》月刊第一卷第四期发表的《创作口号和联合问题》一文中说:"无疑地,'民族革命战争的大众文学'在现阶段上是居于第一位的;它必然像作者所说:'会统一了一切社会纠纷的主题。'""只要作家不是为某一个帝国主义和汉奸卖国贼效力的,只要他不是用封建的、色情的东西来麻醉大众减低大众底趣味的,都可以在'民族革命战争的大众文学'这一口号之下联合起来。"

〔19〕 辛人 即陈辛仁,广东普宁人。当时是东京中国左翼作家联盟的成员。他在《现实文学》第二期(1936年8月)发表的《论当前文学运动底诸问题》一文中说:"我认为国防文学这口号是有提倡底必要

的,然而,它应该是民族革命战争的大众文学底主要的一部分,它不能包括整个的民族革命战争的大众文学底内容。以国防文学这口号来否定民族革命战争的大众文学这口号,是和用后者来否定前者同样地不充分的。国防文学这口号底时候性不能代替民族革命战争的大众文学这口号底时期性,同样地,在时期性中也应有时候性底存在……在一个时期性的口号下,应该提出有时候性的具体口号,以适应和引导各种程度上的要求;因为后者常常是作为容易感染普通人民的口号的缘故。"

〔20〕 两本版画 指作者在1936年4月翻印的《死魂灵百图》和7月编印的《凯绥·珂勒惠支版画选集》,都由作者以"三闲书屋"名义自费印行。一本杂感,指《花边文学》,1936年6月由上海联华书局出版。

〔21〕 《死魂灵》 俄国作家果戈理的长篇小说。这里说的"译过几章",指鲁迅于1936年2月至5月续译的该书第二部残稿三章。

〔22〕 指1936年6月在《中国文艺工作者宣言》上的签名。这个宣言曾刊载于《作家》月刊第一卷第三期(1936年6月)和《文学丛报》第四期(1936年7月)。

〔23〕 咸肉庄 上海话,指下等妓院。

〔24〕 指沈端先(1900—1995),笔名夏衍,浙江杭州人,文学家、戏剧家,中国左翼作家联盟领导人之一。

〔25〕 田汉(1898—1968) 字寿昌,湖南长沙人,戏剧家,曾创办话剧团体南国社,中国左翼戏剧家联盟领导人之一。周起应,即周扬(1908—1989),湖南益阳人,文艺理论家,中国左翼作家联盟领导人之一。还有另两个,指沈端先和阳翰笙。阳汉笙(1902—1993),四川高县人,剧作家,"左联"领导人之一。

〔26〕 穆木天(1900—1971) 吉林伊通人,诗人、翻译家。"左

联"成员。1934年7月在上海被捕。同年9月26日《申报》据国民党中央社消息,刊登题为《左联三盟员发表脱离宣言》的报导,内引穆木天出狱前写给国民党当局表明他的文艺主张的材料,其中说:"在现阶段的中国,因民族资本主义不发达之故,实无尖锐的阶级对立之可言,更谈不到有阶级斗争,鼓吹阶级斗争,适足以破坏民族的解放运动之统一战线……现在中国所需要的,可能产生的,可以说不是普罗文学,而是供民族统一战线坚固的民族文学。"按文中并无"脱离左联"字样。

〔27〕 《现实文学》 月刊,尹庚、白曙编辑,1936年7月在上海创刊。第三期改名《人民文学》,随即停刊。该刊第一期发表O.V.(冯雪峰)笔录的鲁迅《答托洛斯基派的信》、《论现在我们的文学运动》二文。

〔28〕 周文(1907—1952) 本名何开荣,又名何谷天,笔名周文,四川荥经人,作家,中国左翼作家联盟成员。他的短篇小说《山坡上》在《文学》第五卷第六号(1935年12月)发表时,曾被该刊编者傅东华删改,随后他在同刊第六卷第一号(1936年1月)发表给编者的信表示抗议。1935年12月16日《社会日报》发表署名黑二的《〈文学〉起内哄》一文,其中说:"周文是个笔名,原来就是何谷天,是一位七、八成新的作家。他后面,论'牌头'有周鲁迅,讲'理论'有左翼社会主义的第三种人的民族文学理论家'胡风、谷非、张光仁'。"

〔29〕 1935年12月1日《社会日报》刊登虹儿的《鲁迅将转变?谷非、张光人近况如何?》一文,其中说:"刻遇某文坛要人,据谓鲁迅翁有被转变的消息。……关于鲁迅翁的往哪里去,只要看一看引进员谷非、张光人、胡丰先生的行动就行了。"

〔30〕 田汉于1935年2月被捕,同年8月经保释出狱后,曾在南京主持"中国舞台协会",演出他所编的《回春之曲》、《洪水》、《械斗》等剧。以后接受了中共党组织的批评,中止了这一活动。

〔31〕 "安那其主义者" 即无政府主义者。安那其,法语 Anarchisme 的音译。

〔32〕 战斗的宣言　指《中国文艺工作者宣言》。

〔33〕 西班牙的"安那其"的破坏革命　1936年2月,由西班牙共产党、社会党等组成的反法西斯统一战线组织"西班牙人民阵线"在选举中获胜,成立了联合政府。同年7月,以佛朗哥为首的右派势力在德、意两国法西斯军队直接参与下发动内战,1939年联合政府被推翻。当时有人将失败的责任归之于参加人民阵线的无政府主义工团派。

〔34〕 傅郑　指傅东华和郑振铎。郑振铎(1898—1958),笔名西谛,福建长乐人,作家、文学史家。曾任燕京大学、暨南大学教授。傅东华,参看本书第57页注〔4〕。他们二人曾同为《文学》月刊的主编。

〔35〕 "二十一条"　指1915年日本帝国主义向当时北洋政府总统袁世凯提出企图独占中国的二十一条秘密条款。

〔36〕 左联　即中国左翼作家联盟,中国共产党领导下的革命文学团体。1930年3月在上海成立。领导成员有鲁迅、夏衍、冯雪峰、冯乃超、丁玲、周扬等。1935年底自行解散。

〔37〕 《斯太林传》　法国巴比塞著,中译本改以原著副题《从一个人看一个新世界》为书名,徐懋庸译,1936年9月上海大陆书社出版。

关于太炎先生二三事[1]

前一些时，上海的官绅为太炎[2]先生开追悼会，赴会者不满百人，遂在寂寞中闭幕，于是有人慨叹，以为青年们对于本国的学者，竟不如对于外国的高尔基的热诚。这慨叹其实是不得当的。官绅集会，一向为小民所不敢到；况且高尔基是战斗的作家，太炎先生虽先前也以革命家现身，后来却退居于宁静的学者，用自己所手造的和别人所帮造的墙，和时代隔绝了。纪念者自然有人，但也许将为大多数所忘却。

我以为先生的业绩，留在革命史上的，实在比在学术史上还要大。回忆三十余年之前，木板的《訄书》[3]已经出版了，我读不断，当然也看不懂，恐怕那时的青年，这样的多得很。我的知道中国有太炎先生，并非因为他的经学和小学，是为了他驳斥康有为[4]和作邹容的《革命军》序[5]，竟被监禁于上海的西牢[6]。那时留学日本的浙籍学生，正办杂志《浙江潮》[7]，其中即载有先生狱中所作诗，却并不难懂。这使我感动，也至今并没有忘记，现在抄两首在下面——

　　狱中赠邹容

　　邹容吾小弟，被发下瀛洲。快剪刀除辫，干牛肉作餱。英雄一入狱，天地亦悲秋。临命须掺手，乾坤只两头。

狱中闻沈禹希[8]见杀

不见沈生久,江湖知隐沦,萧萧悲壮士,今在易京门。螭魅羞争焰,文章总断魂。中阴当待我,南北几新坟。

一九〇六年六月出狱,即日东渡,到了东京,不久就主持《民报》[9]。我爱看这《民报》,但并非为了先生的文笔古奥,索解为难,或说佛法,谈"俱分进化"[10],是为了他和主张保皇的梁启超[11]斗争,和"××"的×××斗争[12],和"以《红楼梦》为成佛之要道"的×××斗争[13],真是所向披靡,令人神旺。前去听讲也在这时候,但又并非因为他是学者,却为了他是有学问的革命家,所以直到现在,先生的音容笑貌,还在目前,而所讲的《说文解字》,却一句也不记得了。[14]

民国元年革命后,先生的所志已达,该可以大有作为了,然而还是不得志。这也是和高尔基的生受崇敬,死备哀荣,截然两样的。我以为两人遭遇的所以不同,其原因乃在高尔基先前的理想,后来都成为事实,他的一身,就是大众的一体,喜怒哀乐,无不相通;而先生则排满之志虽伸,但视为最紧要的"第一是用宗教发起信心,增进国民的道德;第二是用国粹激动种性,增进爱国的热肠"(见《民报》第六本)[15],却仅止于高妙的幻想;不久而袁世凯[16]又攫夺国柄,以遂私图,就更使先生失却实地,仅垂空文,至于今,惟我们的"中华民国"之称,尚系发源于先生的《中华民国解》(最先亦见《民报》)[17],为巨大的记念而已,然而知道这一重公案者,恐怕也已经不多了。既离民众,渐入颓唐,后来的参与投壶[18],

接收馈赠,遂每为论者所不满,但这也不过白圭之玷,并非晚节不终。考其生平,以大勋章作扇坠,临总统府之门,大诟袁世凯的包藏祸心者,并世无第二人;七被追捕,三入牢狱[19],而革命之志,终不屈挠者,并世亦无第二人:这才是先哲的精神,后生的楷范。近有文侩,勾结小报,竟也作文奚落先生以自鸣得意,真可谓"小人不欲成人之美"[20],而且"蚍蜉撼大树,可笑不自量"[21]了!

但革命之后,先生亦渐为昭示后世计,自藏其锋铓。浙江所刻的《章氏丛书》[22],是出于手定的,大约以为驳难攻讦,至于忿詈,有违古之儒风,足以贻讥多士的罢,先前的见于期刊的斗争的文章,竟多被刊落,上文所引的诗两首,亦不见于《诗录》中。一九三三年刻《章氏丛书续编》于北平,所收不多,而更纯谨,且不取旧作,当然也无斗争之作,先生遂身衣学术的华衮,粹然成为儒宗,执贽愿为弟子者綦众,至于仓皇制《同门录》[23]成册。近阅日报,有保护版权的广告,有三续丛书的记事,可见又将有遗著出版了,但补入先前战斗的文章与否,却无从知道。战斗的文章,乃是先生一生中最大,最久的业绩,假使未备,我以为是应该一一辑录,校印,使先生和后生相印,活在战斗者的心中的。然而此时此际,恐怕也未必能如所望罢,呜呼!

十月九日。

*　　　*　　　*

〔1〕 本篇最初印入1937年3月10日在上海出版的《工作与学

习丛刊》之一《二三事》一书。

〔2〕 太炎　章太炎。参看本书第58页注〔12〕。他的著作汇编为《章氏丛书》（共三编）。

〔3〕 《訄书》　章太炎早期的一部学术论著,木刻本印行于1899年。1902年改订出版时,作者删去了带有改良主义色彩的《客帝》等篇,增加了宣传反清革命的论文,共收《原学》、《原人》、《序种姓》、《原教》、《哀清史》、《解辫发》等文共六十三篇。

〔4〕 康有为(1858—1927)　字广厦,号长素,广东南海人,清末维新运动领袖。甲午战争失败后,清政府于1895年与日本签订丧权辱国的《马关条约》,康有为与当时同在北京参加会试的各省举人一千三百多人,联名向光绪皇帝上书,要求"拒和、迁都、变法",成为后来戊戌变法运动的前奏。戊戌变法失败后逃亡国外,组织保皇会,后来并反对孙中山领导的民主革命运动。这里所说"驳斥康有为",指章太炎发表于1903年5月《苏报》的《驳康有为论革命书》,它批驳了康有为主张中国只可立宪,不能革命的《与南北美洲诸华商书》。

〔5〕 邹容(1885—1905)　字蔚丹,四川巴县人,清末革命家。1902年留学日本,积极参加爱国学生运动,1903年回国,于5月出版《革命军》一书,鼓吹反清革命,建立中华共和国。书前有章太炎序。同年7月被清政府勾结上海英租界当局拘捕,次年3月判处监禁二年,1905年4月死于租界狱中。

〔6〕 这就是当时有名的"《苏报》案"。《苏报》,1896年创刊于上海的鼓吹反清革命的日报。因它曾刊文介绍《革命军》一书,经清政府勾结上海英租界当局于1903年6月和7月先后将章炳麟、邹容等人逮捕。次年3月由上海县知县会同会审公廨审讯,宣布他们的罪状为："章炳麟作《訄书》并《革命军序》,又有驳康有为之一书,污蔑朝廷,形

同悖逆;邹容作《革命军》一书,谋为不轨,更为大逆不道。"邹容被判监禁二年,章炳麟监禁三年。

〔7〕 《浙江潮》 月刊,清末浙江籍留日学生创办,光绪二十九年正月(1903年2月)创刊于东京。这里的两首诗发表于该刊第七期(1903年9月)。

〔8〕 沈禹希(1872—1903) 名荩,字禹希,湖南善化(今属长沙)人。清末维新运动的参加者,戊戌变法失败后留学日本。1900年回国,曾参加唐才常自立军的活动。1903年被捕,杖死狱中。章太炎曾作《祭沈禹希文》,载《浙江潮》第九期(1903年11月)。

〔9〕 《民报》 同盟会的机关杂志。1905年11月在东京创刊。初为月刊,后不定期出版。1908年11月出至第二十四号被日本政府查禁。其中第六至十八号、二十三至二十四号由章太炎主编。1910年初还由汪精卫续编二期秘密出版。

〔10〕 "俱分进化" 章太炎曾在《民报》第七号(1906年9月)发表谈佛法的《俱分进化论》一文,其中说:"进化之所以为进化者,非由一方直进,而必由双方并进。专举一方,惟言智识进化可尔,若以道德言,则善亦进化,恶亦进化;若以生计言,则乐亦进化,苦亦进化。双方并进,如影之随形……进化之实不可非,而进化之用无所取;自标吾论曰:'俱分进化论'。"

〔11〕 梁启超(1873—1929) 号任公,广东新会人,清末维新运动领导人之一。戊戌政变后逃亡日本,于1902年在横滨创办《新民丛报》,鼓吹君主立宪,反对民主革命。章太炎主编的《民报》曾对这种主张予以批驳。

〔12〕 和"××"的×××斗争 "××"疑为"献策"二字,×××指吴稚晖。吴稚晖(名敬恒)曾参加《苏报》工作,在《苏报》案中有叛

卖行为。章太炎在《民报》第十九号(1908年2月)发表的《复吴敬恒书》中说:"案仆入狱数日,足下来视,自述见俞明震(按当时为江苏候补道)屈膝请安及赐面事,又述俞明震语,谓'奉上官条教,来捕足下,但吾辈办事不可野蛮,有释足下意,愿足下善为谋。'时慰丹在傍,问曰:'何以有我与章先生?'足下即面色青黄,嗫嚅不语……足下献策事,则□□□言之。……仆参以足下之屈膝请安,与闻慰丹语而面色青黄……有以知□□之言实也。"后来又在《民报》第二十二号(1908年7月)的《再复吴敬恒书》中说:"今告足下,□□□乃一幕友,前岁来此游历,与仆相见而说其事……足下既见明震,而火票未发以前,未有一言见告;非表里为奸,岂有坐视同党之危而不先警报者?及巡捕抵门,他人犹未知明震与美领事磋商事状,足下已先言之。非足下与明震通情之的证乎?非足下献策之的证乎?"据吴稚晖《答章炳麟书》,"□□□"为"张鲁望"三字。

〔13〕 ××× 指蓝公武。章太炎在《民报》第十号(1906年12月)发表的《与人书》中说:"某某足下:顷者友人以大著见示,中有《俱分进化论批评》一篇。足下尚崇拜苏轼《赤壁赋》,以《红楼梦》为成佛之要道,所见如此,仆岂必与足下辨乎?"书末又有附白:"再贵报《新教育学冠言》有一语云:'虽如汗牛之充栋',思之累日不解。"1924年5月25日北京《晨报副刊》发表有蓝公武《"汗牛之充栋"不是一件可笑的事》一文,说:"当日和太炎辨难的是我,所辨论的题目,是哲学上一个善恶的问题。"按蓝公武(1887—1957),字志先,江苏吴江人。早年留学日本和德国,曾任《国民公报》社长、《时事新报》总编辑等职。又章太炎函中所说的"贵报",指当时蓝公武与张东荪主办的在日本发行的《教育杂志》。

〔14〕 1908年作者在东京时曾在章太炎处听讲小学。据许寿裳在《亡友鲁迅印象记·从章先生学》中说:"章先生出狱以后,东渡日本,

一面为《民报》撰文,一面为青年讲学……我和鲁迅极愿往听,而苦与学课时间相冲突,因托龚未生(名宝铨)转达,希望另设一班,蒙先生慨然允许。……每星期日清晨,我们前往受业,……先生讲段氏《说文解字注》、郝氏《尔雅义疏》等"。

〔15〕 章太炎这几句话,见《民报》第六号(1906年8月)所载他的《演说录》:"近日办事的方法……第一要在感情,没有感情,凭你有百千万亿的拿坡仑、华盛顿,总是人各一心,不能团结……要成就这感情,有两件事是最要的,第一是用宗教发起信心,增进国民的道德;第二是用国粹激动种性,增进爱国的热肠。"

〔16〕 袁世凯(1859—1916) 字慰亭,河南项城人。原是清朝直隶总督兼北洋大臣、内阁总理大臣。辛亥革命后,攫取中华民国大总统职位。1915年12月12日宣布即帝位,改国号为中华帝国,次年为洪宪元年,激起国人反对。1916年3月被迫取消帝制,6月病死。

〔17〕 《中华民国解》 发表于《民报》第十五号(1907年7月),后来收入《太炎文录·别录》卷一。

〔18〕 投壶 古代宴会时的一种娱乐,宾主依次投矢壶中,负者饮酒。《礼记·投壶》孔颖达注引郑玄的话,说投壶是"主人与客燕饮讲论才艺之礼"。孙传芳盘踞东南五省时,曾提倡复古,举行投壶古礼。1926年8月间,章太炎在南京任孙传芳设立的婚丧祭礼制会会长,孙传芳曾邀他参加投壶仪式,但章未去。

〔19〕 七被追捕,三入牢狱 章太炎在1906年6月出狱后,东渡日本,在7月15日旅日学生为他举行的欢迎会上说:"算来自戊戌年(1898)以后,已有七次查拿,六次都拿不到,到第七次方才拿到;以前三次,或因别事株连,或是普拿新党,不专为我一人,后来四次,却都为逐满独立的事。"(载《民报》第六号)"三入牢狱",第一次是1903年5月

因《苏报》案被捕,监禁三年,期满获释;第二次是日本东京地方裁判所封禁《民报》时,判纳罚金一百一十五圆,章未能交纳,1909年3月3日被东京小石川警察署拘留,由许寿裳等学生筹款交付后,当天获释;第三次是1913年8月因反对袁世凯被软禁,袁死后始得自由。

〔20〕 "小人不欲成人之美" 语出《论语·颜渊》:"君子成人之美,不成人之恶;小人反是。"

〔21〕 "蚍蜉撼大树,可笑不自量" 语出韩愈诗《调张籍》。

〔22〕 《章氏丛书》 浙江图书馆木刻本于1919年刊行,共收著作十三种。其中无"诗录",诗即附于"文录"卷二之末。下文的《章氏丛书续编》,由章太炎的学生吴承仕、钱玄同等编校,1933年刊行,共收著作七种。

〔23〕 《同门录》 即同学姓名录。据《汉书·孟喜传》唐代颜师古注:"同门,同师学者也。"

曹靖华译《苏联作家七人集》序[1]

曾经有过这样的一个时候,喧传有好几位名人都要译《资本论》,自然依据着原文,但有一位还要参照英,法,日,俄各国的译本。到现在,至少已经满六年,还不见有一章发表,这种事业之难可想了。对于苏联的文学作品,那时也一样的热心,英译的短篇小说集一到上海,恰如一胖羊肉坠入狼群中,立刻撕得一片片,或则化为"飞脚阿息普",或则化为"飞毛腿奥雪伯"[2];然而到得第二本英译《蔚蓝的城》[3]输入的时候,志士们却已经没有这么起劲,有的还早觉得"伊凡""彼得",远不如"一洞""八索"[4]之有趣了。

然而也有并不一哄而起的人,当时好像落后,但因为也不一哄而散,后来却成为中坚。靖华就是一声不响,不断的翻译着的一个。他二十年来,精研俄文,默默的出了《三姊妹》,出了《白茶》,出了《烟袋》和《四十一》,[5]出了《铁流》以及其他单行小册很不少,然而不尚广告,至今无煊赫之名,且受挤排,两处受封锁之害。但他依然不断的在改定他先前的译作,而他的译作,也依然活在读者们的心中。这固然也因为一时自称"革命作家"的过于吊儿郎当,终使坚实者成为硕果,但其实却大半为了中国的读书界究竟有进步,读者自有确当的批判,不再受空心大老的欺骗了。

靖华是未名社中之一员；未名社一向设在北京，也是一个实地劳作，不尚叫嚣的小团体。但还是遭些无妄之灾，而且遭得颇可笑。它被封闭过一次[6]，是由于山东督军张宗昌的电报，听说发动的倒是同行的文人；后来没有事，启封了。出盘之后，靖华译的两种小说都积在台静农家，又和"新式炸弹"[7]一同被收没，后来虽然证明了这"新式炸弹"其实只是制造化装品的机器，书籍却仍然不发还，于是这两种书，遂成为天地之间的珍本。为了我的《呐喊》在天津图书馆被焚毁，梁实秋教授掌青岛大学图书馆时，将我的译作驱除，以及未名社的横祸，我那时颇觉得北方官长，办事较南方为森严，元朝分奴隶为四等[8]，置北人于南人之上，实在并非无故。后来知道梁教授虽居北地，实是南人，以及靖华的小说想在南边出版，也曾被锢多日[9]，就又明白我的决论其实是不确的了。这也是所谓"学问无止境"罢。

但现在居然已经得到出版的机会，闲话休题，是当然的。言归正传：则这是合两种译本短篇小说集而成的书，删去两篇，加入三篇，以篇数论，有增无减。所取题材，虽多在二十年前，因此其中不见水闸建筑，不见集体农场，但在苏联，还都是保有生命的作品，从我们中国人看来，也全是亲切有味的文章。至于译者对于原语的学力的充足和译文之可靠，是读书界中早有定论，不待我多说的了。

靖华不厌弃我，希望在出版之际，写几句序言，而我久生大病，体力衰惫，不能为文，以上云云，几同塞责。然而靖华的译文，岂真有待于序，此后亦如先前，将默默的有益于中国的读者,是无疑的。倒是我得以乘机打草,是一幸事,亦一快事也。

一九三六年十月十六日,鲁迅记于上海且介亭之东南角。

*　　*　　*

〔1〕 本篇最初印入《苏联作家七人集》。

《苏联作家七人集》,共收短篇小说十五篇,1936年11月上海良友图书印刷公司出版。

〔2〕 "飞脚阿息普"、"飞毛腿奥雪伯"　这是苏联卡萨特金作的短篇小说《飞着的奥西普》的两种中译名。这两种中译本都是根据纽约国际出版社1925年出版的英译苏联短篇小说集《飞着的奥西普》转译的。

〔3〕 《蔚蓝的城》　英译的苏联短篇小说集,阿·托尔斯泰等著,纽约国际出版社出版。有刘穆、薛绩辉的中译本,1929年上海远东图书公司初版,1934年10月上海神州国光社出版修订本。

〔4〕 "伊凡""彼得"　俄国常见的人名。"一洞""八索",中国麻将牌中的两种牌名。

〔5〕 《三姊妹》　俄国作家契诃夫作的四幕剧。《白茶》,苏联独幕剧集,收独幕剧五篇,其中的《白茶》系班珂所作。《烟袋》,苏联短篇小说集,收小说十一篇,其中的《烟袋》系爱伦堡所作。《四十一》,即《第四十一》,中篇小说,苏联作家拉甫列涅夫作,后来收入《苏联作家七人集》中。

〔6〕 1928年春,未名社出版的《文学与革命》(托洛茨基著,李霁野、韦素园译)一书在济南山东省立第一师范学校被扣。北京警察厅据山东军阀张宗昌电告,于3月26日查封未名社,捕去李霁野、台静农二

人。至 10 月始启封。

〔7〕 "新式炸弹" 1932 年秋,北平警察当局查抄台静农寓所时,把友人寄存的一件中学物理学实验仪器马德堡半球误认为"新式炸弹",将台拘捕;同时没收了曹靖华译的《烟袋》和《第四十一》的存书。

〔8〕 元朝分奴隶为四等 元朝实行种族歧视政策,把它统治下的人民分为四等:第一等为蒙古人;其次为色目人,指蒙古人在侵入中原之前所征服的西域人,包括钦察、唐兀、回回等族;再次为汉人,指在金人治下的北中国的汉族人,包括契丹、女真、高丽等族;最后为南人,即南宋遗民。

〔9〕 上海现代书局原说要出版曹靖华所译的苏联小说,但又将他的译稿搁置起来,后由鲁迅索回编成《苏联作家七人集》。

因太炎先生而想起的二三事[1]

写完题目,就有些踌躇,怕空话多于本文,就是俗语之所谓"雷声大,雨点小"。

做了《关于太炎先生二三事》以后,好像还可以写一点闲文,但已经没有力气,只得停止了。第二天一觉醒来,日报已到,拉过来一看,不觉自己摩一下头顶,惊叹道:"二十五周年的双十节!原来中华民国,已过了一世纪的四分之一了,岂不快哉!"但这"快"是迅速的意思。后来乱翻增刊,偶看见新作家的憎恶老人的文章,便如兜顶浇半瓢冷水。自己心里想:老人这东西,恐怕也真为青年所不耐的。例如我罢,性情即日见乖张,二十五年而已,却偏喜欢说一世纪的四分之一,以形容其多,真不知忙着什么;而且这摩一下头顶的手势,也实在可以说是太落伍了。

这手势,每当惊喜或感动的时候,我也已经用了一世纪的四分之一,犹言"辫子究竟剪去了",原是胜利的表示。这种心情,和现在的青年也是不能相通的。假使都会上有一个拖着辫子的人,三十左右的壮年和二十上下的青年,看见了恐怕只以为珍奇,或者竟觉得有趣,但我却仍然要憎恨,愤怒,因为自己是曾经因此吃苦的人,以剪辫为一大公案[2]的缘故。我的爱护中华民国,焦唇敝舌,恐其衰微,大半正为了使我们得有剪辫的自由,假使当初为了保存古迹,留辫不剪,我大约是决不会这样爱它的。张勋来也好,段祺瑞来也好[3],我真自愧远不及有些士君子的大度。

当我还是孩子时,那时的老人指教我说:剃头担上的旗竿,三百年前是挂头的。满人入关,下令拖辫,剃头人沿路拉人剃发,谁敢抗拒,便砍下头来挂在旗竿上,再去拉别的人。那时的剃发,先用水擦,再用刀刮,确是气闷的,但挂头故事却并不引起我的惊惧,因为即使我不高兴剃发,剃头人不但不来砍下我的脑袋,还从旗竿斗里摸出糖来,说剃完就可以吃,已经换了怀柔方略了。见惯者不怪,对辫子也不觉其丑,何况花样繁多,以姿态论,则辫子有松打,有紧打,辫线有三股,有散线,周围有看发(即今之"刘海"),看发有长短,长看发又可打成两条细辫子,环于顶搭之周围,顾影自怜,为美男子;以作用论,则打架时可拔,犯奸时可剪,做戏的可挂于铁竿,为父的可鞭其子女,变把戏的将头摇动,能飞舞如龙蛇,昨在路上,看见巡捕拿人,一手一个,以一捕二,倘在辛亥革命前,则一把辫子,至少十多个,为治民计,也极方便的。不幸的是所谓"海禁大开",士人渐读洋书,因知比较,纵使不被洋人称为"猪尾",而既不全剃,又不全留,剃掉一圈,留下一撮,打成尖辫,如慈菇芽,也未免自己觉得毫无道理,大可不必了。

我想,这是纵使生于民国的青年,一定也都知道的。清光绪中,曾有康有为者变过法,不成,作为反动,是义和团[4]起事,而八国联军遂入京,这年代很容易记,是恰在一千九百年,十九世纪的结末。于是满清官民,又要维新了,维新有老谱,照例是派官出洋去考察,和派学生出洋去留学。我便是那时被两江总督派赴日本的人们之中的一个,自然,排满的学说和辫子的罪状和文字狱的大略,是早经知道了一些的,而最初在实际上感到不便的,却是那辫子。

凡留学生一到日本,急于寻求的大抵是新知识。除学习日文,准备进专门的学校之外,就赴会馆,跑书店,往集会,听讲演。我第一次所经历的是在一个忘了名目的会场上,看见一位头包白纱布,用无锡腔讲演排满的英勇的青年,不觉肃然起敬。但听下去,到得他说"我在这里骂老太婆,老太婆一定也在那里骂吴稚晖"[5],听讲者一阵大笑的时候,就感到没趣,觉得留学生好像也不外乎嬉皮笑脸。"老太婆"者,指清朝的西太后[6]。吴稚晖在东京开会骂西太后,是眼前的事实无疑,但要说这时西太后也正在北京开会骂吴稚晖,我可不相信。讲演固然不妨夹着笑骂,但无聊的打诨,是非徒无益,而且有害的。不过吴先生这时却正在和公使蔡钧大战[7],名驰学界,白纱布下面,就藏着名誉的伤痕。不久,就被递解回国,路经皇城外的河边时,他跳了下去,但立刻又被捞起,押送回去了。这就是后来太炎先生和他笔战时,文中之所谓"不投大壑而投阳沟,面目上露"[8]。其实是日本的御沟并不狭小,但当警官护送之际,却即使并未"面目上露",也一定要被捞起的。这笔战愈来愈凶,终至夹着毒詈,今年吴先生讥刺太炎先生受国民政府优遇时,还提起这件事,这是三十余年前的旧账,至今不忘,可见怨毒之深了。[9]但先生手定的《章氏丛书》内,却都不收录这些攻战的文章。先生力排清虏,而服膺于几个清儒,殆将希踪古贤,故不欲以此等文字自秽其著述——但由我看来,其实是吃亏,上当的,此种醇风,正使物能遁形,贻患千古。

剪掉辫子,也是当时一大事。太炎先生去发时,作《解辫发》,[10]有云——

"……共和二千七百四十一年,秋七月,余年三十三矣。是时满洲政府不道,戕虐朝士,横挑强邻,戮使略贾,四维交攻。愤东胡之无状,汉族之不得职,陨涕浪浪曰,余年已立,而犹被戎狄之服,不违咫尺,弗能剪除,余之罪也。将荐绅束发,以复近古,日既不给,衣又不可得。于是曰,昔祁班孙,释隐玄,皆以明氏遗老,断发以殁。《春秋谷梁传》曰:'吴祝发',《汉书》《严助传》曰:'越劗发',(晋灼曰:'劗,张揖以为古剪字也')余故吴越间民,去之亦犹行古之道也。……"

文见于木刻初版和排印再版的《訄书》中,后经更定,改名《检论》时,也被删掉了。我的剪辫,却并非因为我是越人,越在古昔,"断发文身"[11],今特效之,以见先民仪矩,也毫不含有革命性,归根结蒂,只为了不便:一不便于脱帽,二不便于体操,三盘在囟门上,令人很气闷。在事实上,无辫之徒,回国以后,默然留长,化为不二之臣者也多得很。而黄克强[12]在东京作师范学生时,就始终没有断发,也未尝大叫革命,所略显其楚人的反抗的蛮性者,惟因日本学监,诫学生不可赤膊,他却偏光着上身,手挟洋磁脸盆,从浴室经过大院子,摇摇摆摆的走入自修室去而已。

*　　　*　　　*

〔1〕 本篇最初印入 1937 年 3 月 25 日出版的《工作与学习丛刊》之二《原野》一书。系作者逝世前二日所作(未完稿),是他最后的一篇文章。

〔2〕 剪辫大公案　满族旧俗,男子剃发垂辫(剃去头顶前部头发,后部结辫垂于脑后)。1644 年(明崇祯十七年、清顺治元年)清兵入关及定都北京后,即下令剃发垂辫,因受到各地汉族民众反对及局势未定而中止。次年五月攻占南京后,又下了严厉的剃发令,限于布告之后十日"尽使薙(剃)发,遵依者为我国之民,迟疑者同逆命之寇",如"已定地方之人民,仍存明制,不随本朝之制度者,杀无赦!"为此事曾有许多人被杀。

〔3〕 张勋(1854—1923)　江西奉新人,北洋军阀。原为清朝提督,民国后任安徽都督,他和所部官兵仍留着辫子,表示忠于清王朝。1917 年 7 月 1 日他在北京扶持清废帝溥仪复辟,7 月 12 日即告失败。段祺瑞(1865—1936),安徽合肥人,北洋皖系军阀。曾任北洋政府国务总理、北京临时执政府执政等。张勋复辟,事前曾得到段祺瑞的默契。但复辟事起,遭到全国各界的一致反对,他便转而以拥护共和为名,起兵将张勋击败。

〔4〕 义和团　清末我国北方农民、手工业者、城市游民自发的群众组织。他们以设拳坛、练拳棒和其他迷信方式组织群众,初以"反清灭洋"为口号,后改为"扶清灭洋",被清朝统治者利用攻打外国使馆,焚烧教堂。1900 年被八国联军和清政府共同镇压。八国联军,1900 年英、美、德、法、俄、日、意、奥八个帝国主义国家以解救被义和团围攻的使馆为借口,联合出兵进攻中国,于 8 月 14 日占领北京。次年清政府和八个帝国主义国家签订丧权辱国的《辛丑条约》。

〔5〕 吴稚晖(1865—1953) 名敬恒,江苏武进人,早年参加同盟会,后任国民党中央监察委员、中央政治会议委员等职。他早年曾留学日本。

〔6〕 西太后 即慈禧太后(1835—1908),满族,名叶赫那拉氏,清朝咸丰帝的妃子,同治即位,被尊为慈禧太后,成为同治、光绪两朝的实际统治者。

〔7〕 吴稚晖和公使蔡钧大战 1902年(清光绪二十八年)8月间,我国自费留日学生九人,志愿入成城学校(相当于士官预备学校)肄业,由于清政府对陆军学生颇多顾忌,公使蔡钧坚决拒绝保送。于是有留日学生二十余人(吴稚晖在内)往公使馆代为交涉,蔡钧始终不允,发生冲突。后来蔡钧勾结日政府以妨害治安罪拘捕学生,遣送回国。

〔8〕 章太炎在《民报》第十九号(1908年2月)发表的《复吴敬恒书》中说:"为蔡钧所引渡,欲诈为自杀以就名,不投大壑而投阳沟,面目上露,犹欲以杀身成仁欺观听者,非足下之成事乎?"又在《民报》第二十二号(1908年7月)发表的《再复吴敬恒书》中说:"足下本一洋奴资格,迮而执贽康门,特以势利相缘,……今日言革命,明日言无政府,外壁大阉,忘其雅素……善箝而口,勿令舐痔;善补而裤,勿令后穿,斯已矣。此亦足下所当自省者也。"(按吴稚晖投河被救后,在他衣袋里发现的绝命书中有云:"孔曰成仁,孟曰取义;亡国之惨,将有如是! 诸公努力,仆终不死!")

〔9〕 吴稚晖在《东方杂志》第三十三卷第一号(1936年1月1日)发表的《回忆蒋竹庄先生之回忆》,其中对于"献策"一事多方辩解,说是"本来尽有事实可以代明,然而章太炎吃了这番巡捕房官司,当然不比跳在阳沟里,他又能扯几句范蔚宗(按即《后汉书》的作者范晔)的格调,当然他的文集,可以寿世。他竟用一面之词,含血喷人。"

在文末又说:"从十三年(按即 1924 年)到今,我是在党(按指国民党)里走动,人家看了好像得意。他不愿意投青天白日的旗帜之下,好像失意……今后他也鼎鼎大名的在苏州讲学了。党里的报纸也盛赞他的读经主张了。说不定他也要投青天白日旗的下面来,做什么国史馆总裁了。"

〔10〕 《解辫发》 作于1900年(清光绪二十六年)。文中所说"共和二千七百四十一年",指1900年。公元前841年周厉王被逐,由共伯和代行王政,号共和元年,这是我国历史上有正确纪年的开始。章太炎采用共和纪元,含有不承认清朝统治的意思。

〔11〕 "断发文身" 语出《史记·越王勾践世家》:"越王勾践,……封于会稽,以奉守禹之祀,文(纹)身断发,披草莱而邑焉。"又《汉书·地理志》:"粤(越)地……文身断发,以避蛟龙之害。"据唐代颜师古注引后汉应劭说:"常在水中,故断其发,文其身,以象龙子;故不见伤害也。"

〔12〕 黄克强(1874—1916) 名兴,字克强,湖南善化(今属长沙)人,近代民主革命家。他曾留学日本,与孙中山同倡革命,民国成立后曾任陆军总长。

附　集

文人比较学[1]

齐 物 论

《国闻周报》[2]十二卷四十三期上,有一篇文章指出了《国学珍本丛书》的误用引号,错点句子;到得四十六期,"主编"的施蛰存[3]先生来答复了,承认是为了"养生主"[4],并非"修儿孙福",而且该承认就承认,该辨解的也辨解,态度非常磊落。末了,还有一段总辨解云:

"但是虽然失败,虽然出丑,幸而并不能算是造了什么大罪过。因为充其量还不过是印出了一些草率的书来,到底并没有出卖了别人的灵魂与血肉来为自己的'养生主',如别的一些文人们也。"

中国的文人们有两"些",一些,是"充其量还不过印出了一些草率的书来"的,"别的一些文人们",却是"出卖了别人的灵魂与血肉来为自己的'养生主'"的,我们只要想一想"别的一些文人们",就知道施先生不但"并不能算是造了什么大罪过",其实还能够算是修了什么"儿孙福"。

但一面也活活的画出了"洋场恶少"的嘴脸——不过这也并不是"什么大罪过","如别的一些文人们也"。

※　　※　　※

〔1〕 本篇最初发表于1936年1月《海燕》月刊第一期。

〔2〕 《国闻周报》 综合性刊物。1924年8月在上海创刊,1927年迁天津,1936年迁回上海,1937年12月停刊。该刊第十二卷第四十三期(1935年11月4日)刊有邓恭三(邓广铭)的《评中国文学珍本丛书第一辑》一文,指出这一辑丛书的"计划之草率、选本之不当、标点之谬误"三点。《国学珍本丛书》,应为《中国文学珍本丛书》,施蛰存主编,上海杂志公司发行。

〔3〕 施蛰存(1905—2003) 浙江杭州人,作家。曾主编《现代》月刊、《文饭小品》等。他在《国闻周报》第十二卷第四十六期(1935年11月25日)发表的《关于中国文学珍本丛书——我的告白》中说:"现在,过去的错误已经是错误了,我该承认的我也承认了,该辩解的希望读者及邓先生相信我不是诡辩。"又说:"他(按指邓恭三)说出我是为了'养生主',而非'逍遥游'",是"能了解""我之所以担任主持这个丛书的原故"的。

〔4〕 "养生主" 原是《庄子》一书中的篇名(内篇第三),据清代王先谦注:"顺事而不滞于物,冥情而不撄其天,此庄子养生之宗主也。"这里则用作"主要是为了生活"的意思。

大小奇迹[1]

何 干

元旦看报,《申报》[2]的第三面上就见了商务印书馆的"星期标准书"[3],这回是"罗家伦[4]先生选定"的希特拉著《我之奋斗》(A. Hitler:My Battle)[5],遂"摘录罗先生序"云:

"希特拉之崛起于德国,在近代史上为一大奇迹。……希特拉《我之奋斗》一书系为其党人而作;唯其如此,欲认识此一奇迹者尤须由此处入手。以此书列为星期标准书至为适当。"

但即使不看译本,仅"由此处入手",也就可以认识三种小"奇迹",其一,是堂堂的一个国立中央编译馆,竟在百忙中先译了这一本书;其二,是这"近代史上为一大奇迹"的东西,却须从英文转译;其三,堂堂的一位国立中央大学校长,却不过"欲认识此一奇迹者尤须由此处入手"。

真是奇杀人哉!

* * *

〔1〕 本篇最初发表于1936年1月《海燕》月刊第一期。

〔2〕《申报》 近代我国历史最久的报纸,1872年4月30日(清同治十一年三月二十三日)由英商在上海创刊,后几经易主,1949年5

月26日上海解放时停刊。

〔3〕 "星期标准书" 上海商务印书馆为推销书籍,从1935年10月起,由该馆编审部就日出新书及重版各书中每周选出一种,请馆外专家审定,列为"星期标准书",广为宣传介绍。

〔4〕 罗家伦(1897—1969) 浙江绍兴人,五四新文化运动的参加者,后任清华大学、中央大学校长等职。

〔5〕 《我之奋斗》 希特勒写的带自传性的著作。书中阐述他对社会、政治、历史等观点,宣传纳粹主义。原书于1925年开始出版。由国立编译馆译出的中文本于1935年由上海商务印书馆印行。

难答的问题[1]

何　干

大约是因为经过了"儿童年"[2]的缘故罢，这几年来，向儿童们说话的刊物多得很，教训呀，指导呀，鼓励呀，劝谕呀，七嘴八舌，如果精力的旺盛不及儿童的人，是看了要头昏的。

最近，二月九日《申报》的《儿童专刊》上，有一篇文章在对儿童讲《武训[3]先生》。它说他是一个乞丐，自己吃臭饭，喝脏水，给人家做苦工，"做得了钱，却把它储起来。只要有人给他钱，甚至他可以跪下来的"。

这并不算什么特别。特别的是他得了钱，却一文也不化，终至于开办了一个学校。

于是这篇《武训先生》的作者提出一个问题来道：

"小朋友！你念了上面的故事，有什么感想？"

我真也极愿意知道小朋友将有怎样的感想。假如念了上面的故事的人，是一个乞丐，或者比乞丐景况还要好，那么，他大约要自愧弗如，或者愤慨于中国少有这样的乞丐。然而小朋友会怎样感想呢，他们恐怕只好圆睁了眼睛，回问作者道：

"大朋友！你讲了上面的故事，是什么意思？"

* * *

〔1〕 本篇最初发表于1936年2月《海燕》月刊第二期。

〔2〕 "儿童年" 1933年10月,上海儿童幸福委员会呈准国民党上海市政府定1934年为儿童年。

〔3〕 武训(1838—1896) 山东堂邑(今聊城)人。以乞讨、放债等手段筹款兴办"义学",曾被清政府封为"义学正"。《武训先生》一文,作者署名雨人。

登错的文章[1]

何 干

印给少年们看的刊物上,现在往往见有描写岳飞[2]呀,文天祥[3]呀的故事文章。自然,这两位,是给中国人挣面子的,但来做现在的少年们的模范,却似乎迂远一点。

他们俩,一位是文官,一位是武将,倘使少年们受了感动,要来模仿他,他就先得在普通学校卒业之后,或进大学,再应文官考试,或进陆军学校,做到将官,于是武的呢,准备被十二金牌召还,死在牢狱里;文的呢,起兵失败,死在蒙古人的手中。

宋朝怎么样呢?有历史在,恕不多谈。

不过这两位,却确可以励现任的文官武将,愧前任的降将逃官,我疑心那些故事,原是为办给大人老爷们看的刊物而作的文字,不知怎么一来,却错登在少年读物上面了,要不然,作者是决不至于如此低能的。

* * *

〔1〕 本篇最初发表于1936年2月《海燕》月刊第二期。

〔2〕 岳飞(1103—1142) 字鹏举,相州汤阴(今属河南)人,南宋抗金将领。宋高宗绍兴十年(1140),他在河南大破金兵,正欲乘胜北

伐,但高宗赵构和宰相秦桧等力主议和,一日内连下十二道金牌命他退兵。岳飞奉诏回临安(今杭州)后,被诬谋反,下狱遇害。

〔3〕 文天祥(1236—1283) 字宋瑞,号文山,吉州吉水(今属江西)人,南宋大臣,文学家。元军攻陷临安后,他仍在南方坚持抵抗,兵败被俘,在大都(今北京)囚禁三年,坚贞不屈,后被杀。著有《文山先生全集》。

《海上述林》上卷序言[1]

　　这一卷里,几乎全是关于文学的论说;只有《现实》[2]中的五篇,是根据了杂志《文学的遗产》[3]撰述的,再除去两篇序跋,其余就都是翻译。

　　编辑本集时,所据的大抵是原稿;但《绥拉菲摩维支〈铁流〉序》[4],却是由排印本收入的。《十五年来的书籍版画和单行版画》[5]一篇,既系摘译,又好像曾由别人略加改易,是否合于译者本意,已不可知,但因为关于艺术的只有这一篇,所以仍不汰去。

　　《冷淡》所据的也是排印本,本该是收在《高尔基论文拾补》中的,可惜发见得太迟一点,本书已将排好了,因此只得附在卷末。

　　对于文辞,只改正了几个显然的笔误和补上若干脱字;至于因为断续的翻译,遂使人地名的音译字,先后不同,或当时缺少参考书籍,注解中偶有未详之处,现在均不订正,以存其真。

　　关于搜罗文稿和校印事务种种,曾得许多友人的协助,在此一并志谢。

　　一九三六年三月下旬,编者。

✻　　✻　　✻

〔1〕 本篇最初印入《海上述林》上卷。

《海上述林》是瞿秋白的译文集,在瞿秋白被国民党当局杀害后,由鲁迅搜集、编辑和出版,分上下两卷。上卷《辨林》版权页署1936年5月出版,收马克思、恩格斯、列宁、普列汉诺夫、拉法格等人的文学论文,以及高尔基论文选集和拾补等。因当时国民党当局的压迫,该书出版时只署"诸夏怀霜社校印",书脊上署"STR"三个拉丁字母。按诸夏,即中国,见《论语·八佾》篇注引后汉包咸说;霜,瞿秋白的原名(后又改名爽);STR,即史铁儿,瞿秋白的一个笔名。

瞿秋白(1899—1935),江苏常州人,中国共产党早期领导人之一。1927年大革命失败后,他曾主持召开"八月七日党中央紧急会议",结束了陈独秀右倾机会主义路线。同年冬至次年春在担任中共中央政治局临时书记时,犯有左倾盲动的错误。后受王明排挤,1931年至1933年在上海从事革命文化工作,与鲁迅结下友谊。1934年到中央苏区,任苏维埃政府教育人民委员。1935年3月在福建长汀被国民党当局逮捕,6月被杀害。

〔2〕 《现实》 瞿秋白根据苏联共产主义学院出版的《文学遗产》第一、二两期材料编译的一部马克思主义文艺论文集。收入恩格斯、普列汉诺夫、拉法格文艺方面的论文和书信七篇,译者编译的有关论文六篇,后记一篇。鲁迅在编辑《海上述林》时,为了适应当时的环境,将副题"马克思主义文艺论文集"改为"科学的文艺论文集"。

〔3〕 《文学的遗产》 苏联共产主义学院出版的不定期丛刊,多载过去的作家未曾刊行的作品和关于他们的传记资料。

〔4〕 《绥拉菲摩维支〈铁流〉序》 绥拉菲摩维支全集编者涅拉陀夫所作,原题为《十月的艺术家》。《海上述林》据1931年三闲书屋出

版的《铁流》中译本收入。

〔5〕 《十五年来的书籍版画和单行版画》 楷戈达耶夫作,从苏联的《艺术》杂志第一、二期合刊摘译。译文曾印入 1934 年鲁迅编选、以三闲书屋名义出版的《引玉集》。

我的第一个师父[1]

不记得是那一部旧书上看来的了,大意说是有一位道学先生,自然是名人,一生拚命辟佛,却名自己的小儿子为"和尚"。有一天,有人拿这件事来质问他。他回答道:"这正是表示轻贱呀!"那人无话可说而退云[2]。

其实,这位道学先生是诡辩。名孩子为"和尚",其中是含有迷信的。中国有许多妖魔鬼怪,专喜欢杀害有出息的人,尤其是孩子;要下贱,他们才放手,安心。和尚这一种人,从和尚的立场看来,会成佛——但也不一定,——固然高超得很,而从读书人的立场一看,他们无家无室,不会做官,却是下贱之流。读书人意中的鬼怪,那意见当然和读书人相同,所以也就不来搅扰了。这和名孩子为阿猫阿狗,完全是一样的意思:容易养大。

还有一个避鬼的法子,是拜和尚为师,也就是舍给寺院了的意思,然而并不放在寺院里。我生在周氏是长男,"物以希为贵",父亲怕我有出息,因此养不大,不到一岁,便领到长庆寺里去,拜了一个和尚为师了。拜师是否要赘见礼,或者布施什么的呢,我完全不知道。只知道我却由此得到一个法名叫作"长庚",后来我也偶尔用作笔名,并且在《在酒楼上》这篇小说里,赠给了恐吓自己的侄女的无赖;还有一件百家衣,就是"衲衣",论理,是应该用各种破布拼成的,但我的却是橄榄形的各色小绸片所缝就,非喜庆大事不给穿;还有一条称为"牛绳"的东西,上挂零星小件,如历本,镜子,银筛之类,据说是可以避邪的。

这种布置,好像也真有些力量:我至今没有死。

不过,现在法名还在,那两件法宝却早已失去了。前几年回北平去,母亲还给了我婴儿时代的银筛,是那时的惟一的记念。仔细一看,原来那筛子圆径不过寸余,中央一个太极图,上面一本书,下面一卷画,左右缀着极小的尺,剪刀,算盘,天平之类。我于是恍然大悟,中国的邪鬼,是怕斩钉截铁,不能含胡的东西的。因为探究和好奇,去年曾经去问上海的银楼,终于买了两面来,和我的几乎一式一样,不过缀着的小东西有些增减。奇怪得很,半世纪有余了,邪鬼还是这样的性情,避邪还是这样的法宝。然而我又想,这法宝成人却用不得,反而非常危险的。

但因此又使我记起了半世纪以前的最初的先生。我至今不知道他的法名,无论谁,都称他为"龙师父",瘦长的身子,瘦长的脸,高颧细眼,和尚是不应该留须的,他却有两绺下垂的小胡子。对人很和气,对我也很和气,不教我念一句经,也不教我一点佛门规矩;他自己呢,穿起袈裟来做大和尚,或者戴上毗卢帽放焰口[3],"无祀孤魂,来受甘露味"的时候,是庄严透顶的,平常可也不念经,因为是住持,只管着寺里的琐屑事,其实——自然是由我看起来——他不过是一个剃光了头发的俗人。

因此我又有一位师母,就是他的老婆。论理,和尚是不应该有老婆的,然而他有。我家的正屋的中央,供着一块牌位,用金字写着必须绝对尊敬和服从的五位:"天地君亲师"。我是徒弟,他是师,决不能抗议,而在那时,也决不想到抗议,不过觉得似乎有点古怪。但我是很爱我的师母的,在我的记忆上,见面的时候,她已经大约有四十岁了,是一位胖胖的师母,穿着玄色纱衫裤,在自己家里的院子里纳凉,她的孩子们就来和我玩耍。有时还有水果和点心吃,——自然,这也是我所以爱她的一个大原因;用高洁的陈源教授的话来说,便是所谓"有奶便是娘"[4],在人格上是很不足道的。

不过我的师母在恋爱故事上,却有些不平常。"恋爱",这是现在的术语,那时我们这偏僻之区只叫作"相好"。《诗经》云:"式相好矣,毋相尤矣"[5],起源是算得很古,离文武周公的时候不怎么久就有了的,然而后来好像并不算十分冠冕堂皇的好话。这且不管它罢。总之,听说龙师父年青时,是一个很漂亮而能干的和尚,交际很广,认识各种人。有一天,乡下做社戏了,他和戏子相识,便上台替他们去敲锣,精光的头皮,簇新的海青[6],真是风头十足。乡下人大抵有些顽固,以为和尚是只应该念经拜忏的,台下有人骂了起来。师父不甘示弱,也给他们一个回骂。于是战争开幕,甘蔗梢头雨点似的飞上来,有些勇士,还有进攻之势,"彼众我寡",他只好退走,一面退,一面一定追,逼得他又只好慌张的躲进一家人家去。而这人家,又只有一位年青的寡妇。以后的故事,我也不甚了然了,总而言之,她后来就是我的师母。

自从《宇宙风》出世以来,一向没有拜读的机缘,近几天才看见了"春季特大号"。其中有一篇铢堂先生的《不以成败论英雄》[7],使我觉得很有趣,他以为中国人的"不以成败论英雄","理想是不能不算崇高"的,"然而在人群的组织上实在要不得。抑强扶弱,便是永远不愿意有强。崇拜失败英雄,便是不承认成功的英雄"。"近人有一句流行话,说中国民族富于同化力,所以辽金元清都并不曾征服中国。其实无非是一种惰性,对于新制度不容易接收罢了"。我们怎样来改悔这"惰性"呢,现在姑且不谈,而且正在替我们想法的人们也多得很。我只要说那位寡妇之所以变了我的师母,其弊病也就在"不以成败论英雄"。乡下没有活的岳飞或文天祥,所以一个漂亮的和尚在如雨而下的甘蔗梢头中,从戏台逃下,也就是一个货真价实的失败的英雄。她不免发现了祖传的"惰性",崇拜起来,对于追兵,也像我们的祖先的对于辽金元清的大军似的,"不承认成功的英雄"了。在历史上,这结果是正如铢堂先生所说:"乃是中国的社会不树威是难得帖服的",所以活该有"扬州十日"和"嘉定三屠"[8]。但那时的乡下人,却好像并没有"树威",走散了,自然,也许是他们料不到躲在家里。

因此我有了三个师兄,两个师弟。大师兄是穷人的孩子,舍在寺里,或是卖在寺里的;其余的四个,都是师父的儿子,大和尚的儿子做小和尚,我那时倒并不觉得怎么稀奇。大师兄只有单身;二师兄也有家小,但他对我守着秘密,这一点,就可见他的道行远不及我的师父,他的父亲了。而且年龄都和我相差太远,我们几乎没有交往。

三师兄比我恐怕要大十岁,然而我们后来的感情是很好的,我常常替他担心。还记得有一回,他要受大戒了,他不大看经,想来未必深通什么大乘[9]教理,在剃得精光的囟门上,放上两排艾绒,同时烧起来,我看是总不免要叫痛的,这时善男信女,多数参加,实在不大雅观,也失了我做师弟的体面。这怎么好呢?每一想到,十分心焦,仿佛受戒的是我自己一样。然而我的师父究竟道力高深,他不说戒律,不谈教理,只在当天大清早,叫了我的三师兄去,厉声盼咐道:"拚命熬住,不许哭,不许叫,要不然,脑袋就炸开,死了!"这一种大喝,实在比什么《妙法莲花经》或《大乘起信论》[10]还有力,谁高兴死呢,于是仪式很庄严的进行,虽然两眼比平时水汪汪,但到两排艾绒在头顶上烧完,的确一声也不出。我嘘一口气,真所谓"如释重负",善男信女们也个个"合十赞叹,欢喜布施,顶礼而散"[11]了。

出家人受了大戒,从沙弥升为和尚,正和我们在家人行过冠礼[12],由童子而为成人相同。成人愿意"有室",和尚自然也不能不想到女人。以为和尚只记得释迦牟尼或弥勒菩萨[13],乃是未曾拜和尚为师,或与和尚为友的世俗的谬见。寺里也有确在修行,没有女人,也不吃荤的和尚,例如我的大师兄即是其一,然而他们孤僻,冷酷,看不起人,好像总是郁郁不乐,他们的一把扇或一本书,你一动他就不高兴,令人不敢亲近他。所以我所熟识的,都是有女人,或声明想女人,吃荤,或声明想吃荤的和尚。

我那时并不诧异三师兄在想女人,而且知道他所理想的是怎样的女人。人也许以为他想的是尼姑罢,并不是的,和尚和尼姑"相好",加倍的不便当。他想的乃是千金小姐或少奶奶;而作这"相思"或"单相思"——即今之所谓"单恋"也——的媒介的是"结"。我们那里的阔人家,一有丧事,每七日总要做一些法事,有一个七日,是要举行"解结"的仪式的,因为死人在未死之前,总不免开罪于人,存着冤结,所以死后要替他解散。方法是在这天拜完经忏的傍晚,灵前陈列着几盘东西,是食物和花,而其中有一盘,是用麻线或白头绳,穿上十来文钱,两头相合而打成蝴蝶式,八结式之类的复杂的,颇不容易解开的结子。一群和尚便环坐桌旁,且唱且解,解开之后,钱归和尚,而死人的一切冤结也从此完全消失了。这道理似乎有些古怪,但谁都这样办,并不为奇,大约也是一种"惰性"。不过解结是并不如世俗人的所推测,个个解开的,倘有和尚以为打得精致,因而生爱,或者故意打得结实,很难解散,因而生恨的,便能暗暗的整个落到僧袍的大袖里去,一任死者留下冤结,到地狱里去吃苦。这种宝结带回寺里,便保存起来,也时时鉴赏,恰如我们的或亦不免偏爱看看女作家的作品一样。当鉴赏的时候,当然也不免想到作家,打结子的是谁呢,男人不会,奴婢不会,有这种本领的,不消说是小姐或少奶奶了。和尚没有文学界人物的清高,所以他就不免睹物思人,所谓"时涉遐想"起来,至于心理状态,则我虽曾拜和尚为师,但究竟是在家人,不大明白底细。只记得三师兄曾经不得已而分给我几个,有些实在打得精奇,有些则打好之后,浸过水,还用剪刀柄之类砸实,使和尚无法解散。解结,是替死人设法的,现在却和和尚为难,我真不知道小姐或少奶奶是什么意思。这疑问直到二十年后,学了一点医学,才明白原来是给和尚吃苦,颇有一点虐待异性的病态的。深闺的怨恨,会无线电似的报在佛寺的和尚身上,我看道学先生可还没有料到这一层。

后来,三师兄也有了老婆,出身是小姐,是尼姑,还是"小家碧玉"呢,我不明白,他也严守秘密,道行远不及他的父亲了。这时我也长大起来,不知道从那里,听到了和尚应守清规之类的古老话,还用这话来嘲笑他,本意是在要他受窘。不料他竟一点不窘,立刻用"金刚怒目"〔14〕式,向我大喝一声道:

"和尚没有老婆,小菩萨那里来!?"

这真是所谓"狮吼"〔15〕,使我明白了真理,哑口无言,我的确早看见寺里有丈余的大佛,有数尺或数寸的小菩萨,却从未想到他们为什么有大小。经此一喝,我才彻底的省悟了和尚有老婆的必要,以及一切小菩萨的来源,不再发生疑问。但要找寻三师兄,从此却艰难了一点,因为这位出家人,这时就有了三个家了:一是寺院,二是他的父母的家,三是他自己和女人的家。

我的师父,在约略四十年前已经去世;师兄弟们大半做了一寺的住持;我们的交情是依然存在的,却久已彼此不通消息。但我想,他们一定早已各有一大批小菩萨,而且有些小菩萨又有小菩萨了。

四月一日。

※　　※　　※

〔1〕　本篇最初发表于1936年4月《作家》月刊第一卷第一期。

〔2〕　宋代笔记小说《道山清话》（著者不详）中记有如下的故事："一长老在欧阳公（修）座上，见公家小儿有名僧哥者，戏谓公曰：'公不重佛，安得此名？'公笑曰：'人家小儿要易长育，往往以贱名为小名，如狗、羊、犬、马之类是也。'闻者莫不服公之捷对。"又据宋代王闢之著《渑水燕谈录》："公（欧阳修）幼子小名和尚。"

〔3〕　毗卢帽　和尚所戴的一种绣有毗卢佛像的帽子。放焰口，旧俗于夏历七月十五日（同日也是道家中元节）晚上请和尚结盂兰盆会，诵经施食，称为"放焰口"。盂兰盆，梵语Ullambana的音译，"救倒悬"的意思；焰口，饿鬼名，据佛经说，其形枯瘦，口吐火焰，故名。

〔4〕　"有奶便是娘"　1925年8月间，因北洋政府教育总长章士钊禁止爱国运动和宣扬复古思想，北京大学评议会发表宣言反对他为教育总长，并宣布和教育部脱离关系。后来少数教授顾虑脱离教育部后经费无着，一部分进步教授就在致本校同事的公函中说："章士钊到任以来，曾为北京大学筹过若干经费，本校同人当各知悉；即使章士钊真能按月拨付，或并清偿积欠……同人亦当为公义而牺牲利益，维持最高学府之尊严……如若忽变态度……采取'有奶便是娘'主义，我们不能不为北大同人羞之。"陈源在《现代评论》第二卷第四十期（1925年9月12日）发表的《闲话》里，引用"有奶便是娘"这句话，加以曲解和讥笑。

〔5〕　"式相好矣，毋相尤矣"　语出《诗经·小雅·斯干》，意思是互相爱好而不相恶。式，发语辞。

〔6〕　海青　江浙一带方言，指一种广袖的长袍。明代郑明选《秕言》："吴中方言称衣之广袖者谓之海青。"

〔7〕　《不以成败论英雄》　参看本书第45页注〔10〕。

〔8〕 "扬州十日"　指清顺治二年(1645)清军攻破扬州后进行的十天大屠杀。"嘉定三屠",指同年清军占领嘉定后进行的三次大屠杀。清代王秀楚著《扬州十日记》、朱子素著《嘉定屠城记略》二书,分别对这两次惨杀作了较详的记载。

〔9〕 大乘　公元一、二世纪间形成的佛教宗派,相对于主张"自我解脱"的小乘教派而言。它主张"救度一切众生",强调尽人皆可成佛,一切修行应以利他为主。

〔10〕《妙法莲花经》　简称《法华经》,印度佛教经典之一。通行的中译本为后秦鸠摩罗什所译。《大乘起信论》,解释大乘教理的佛教著作,相传为古印度马鸣作,有南朝梁真谛和唐代实叉难陀的两种译本。

〔11〕 "合十赞叹"等语,是佛经中常见的话。合十,即合掌,用以表示敬意;顶礼,以头、手、足五体匍匐在地的叩拜,是一种最尊敬的礼节。

〔12〕 冠礼　我国古代礼俗,男子二十岁时举行冠礼,依次加戴布、皮、爵三冠,表示已经成人。《仪礼·士冠礼》篇中有关于冠礼的说明。

〔13〕 释迦牟尼(Sakyamuni,约前565—前486)　原古印度北部迦毗罗卫国净饭王的儿子,后出家修道,成为佛教创始人。佛教于西汉末年开始传入我国。弥勒,佛教菩萨之一,相传继释迦牟尼而成佛。

〔14〕 "金刚怒目"　见《太平广记》卷一七四引《谈薮》:"隋吏部侍郎薛道衡尝游钟山开善寺,谓小僧曰:'金刚何为怒目,菩萨何为低眉?'小僧答曰:'金刚怒目,所以降伏四魔;菩萨低眉,所以慈悲六道。'"

〔15〕 "狮吼"　佛家语,意思是震天动地的吼声。宋僧道彦《景德传灯录》卷一引《普耀经》:"佛(释迦牟尼)初生刹利王家……分手指天地,作狮子吼声:'上下及四维,无能尊我者。'"

《海上述林》下卷序言[1]

这一卷所收的,都是文学的作品:诗,剧本,小说。也都是翻译。

编辑时作为根据的,除《克里慕·萨慕京的生活》[2]的残稿外,大抵是印本。只有《没工夫唾骂》[3]曾据译者自己校过的印本改正几个错字。高尔基的早年创作也因为得到原稿校对,补入了几条注释,所可惜的是力图保存的《第十三篇关于列尔孟托夫的小说》[4]的原稿终被遗失,印本上虽有可疑之处,也无从质证,而且连小引也恐怕和初稿未必完全一样了。

译者采择翻译的底本,似乎并无条理。看起来:大约一是先要能够得到,二是看得可以发表,这才开手来翻译。而且有时也许还因了插图的引动,如雷赫台莱夫(B. A. Lekhterev)和巴尔多(R. Barto)的绘画,都曾为译者所爱玩,观最末一篇小说之前的小引,即可知[5]。所以这里就不顾体例和上卷不同,凡原本所有的图画,也全数插入,——这,自然想借以增加读者的兴趣,但也有些所谓"悬剑空垄"[6]的意思的。至于关于辞句的办法,却和上卷悉同,兹不赘。

一九三六年四月末,编者。

※　　※　　※

〔1〕 本篇最初印入《海上述林》下卷。

下卷《藻林》,版权页署1936年10月出版,收高尔基的讽刺诗《市侩颂》,别德讷依的讽刺诗《没工夫唾骂》,卢那察尔斯基的剧本《解放了的董·吉诃德》,高尔基的创作选集等。

〔2〕 《克里慕·萨慕京的生活》 通译《克里姆·萨姆金的一生》,高尔基的长篇小说。印入《海上述林》的"残稿"只是该书第一部第一章的开端。

〔3〕 《没工夫唾骂》 苏联诗人别德讷衣(通译别德内依)讽刺托洛茨基的一首长诗。

〔4〕 《第十三篇关于列尔孟托夫的小说》 苏联作家巴甫连珂作,是根据文学史上的材料写成的关于俄国诗人莱蒙托夫的中篇小说。

〔5〕 印入《海上述林》下卷的高尔基早年创作二篇中,有雷赫台莱夫的插图八幅;又在《第十三篇关于列尔孟托夫的小说》中,有巴尔多的插图四幅,译者在该篇译文的《小引》里说:"所附的三幅插图(按该篇在《译文》月刊发表时只有插图三幅),读者可以仔细的一看:这是多么有力,多么凸现。"

〔6〕 "悬剑空垅" 语出《文选》卷四十三南朝梁刘峻《重答刘秣陵沼书》,这原是春秋时吴国季札的故事。《史记·吴太伯世家》载:"吴使季札聘于鲁……北过徐君,徐君好季札剑,口弗敢言;季札心知之,为使上国未献。还至徐,徐君已死,于是乃解其宝剑,系之徐君冢树而去。"

答托洛斯基派的信[1]

一　来　信

鲁迅先生：

一九二七年革命失败后,中国康缪尼斯脱[2]不采取退兵政策以预备再起,而乃转向军事投机。他们放弃了城市工作,命令党员在革命退潮后到处暴动,想在农民基础上制造 Reds 以打平天下。七八年来,几十万勇敢有为的青年,被这种政策所牺牲掉,使现在民族运动高涨之时,城市民众失掉革命的领袖,并把下次革命推远到难期的将来。

现在 Reds 打天下的运动失败了。中国康缪尼斯脱又盲目地接受了莫斯科官僚的命令,转向所谓"新政策"。他们一反过去的行为,放弃阶级的立场,改换面目,发宣言,派代表交涉,要求与官僚,政客,军阀,甚而与民众的刽子手"联合战线"。藏匿了自己的旗帜,模糊了民众的认识,使民众认为官僚,政客,刽子手,都是民族革命者,都能抗日,其结果必然是把革命民众送交刽子手们,使再遭一次屠杀。史太林党的这种无耻背叛行为,使中国革命者都感到羞耻。

现在上海的一般自由资产阶级与小资产阶级上层分子无

不欢迎史太林党的这"新政策"。这是无足怪的。莫斯科的传统威信,中国 Reds 的流血史迹与现存力量——还有比这更值得利用的东西吗?可是史太林党的"新政策"越受欢迎,中国革命便越遭毒害。

我们这个团体,自一九三〇年后,在百般困苦的环境中,为我们的主张作不懈的斗争。大革命失败后我们即反对史太林派的盲动政策,而提出"革命的民主斗争"的道路。我们认为大革命既然失败了,一切只有再从头做起。我们不断地团结革命干部,研究革命理论,接受失败的教训,教育革命工人,期望在这反革命的艰苦时期,为下次革命打下坚固的基础。几年来的各种事变证明我们的政治路线与工作方法是正确的。我们反对史太林党的机会主义,盲动主义的政策与官僚党制,现在我们又坚决打击这叛背的"新政策"。但恰因为此,我们现在受到各投机分子与党官僚们的嫉视。这是幸呢,还是不幸?

先生的学识文章与品格,是我十余年来所景仰的,在许多有思想的人都沉溺到个人主义的坑中时,先生独能本自己的见解奋斗不息!我们的政治意见,如能得到先生的批评,私心将引为光荣。现在送上近期刊物数份,敬乞收阅。如蒙赐复,请留存✕处,三日之内当来领取。顺颂
健康!

　　　　　　　　　　　　　　陈✕✕[3]六月三日。

二　回　信

陈先生：

先生的来信及惠寄的《斗争》《火花》等刊物，我都收到了。

总括先生来信的意思，大概有两点，一是骂史太林先生们是官僚，再一是斥毛泽东先生们的"各派联合一致抗日"的主张为出卖革命。

这很使我"糊涂"起来了，因为史太林先生们的苏维埃俄罗斯社会主义共和国联邦在世界上的任何方面的成功，不就说明了托洛斯基[4]先生的被逐，飘泊，潦倒，以致"不得不"用敌人金钱的晚景的可怜么？现在的流浪，当与革命前西伯利亚的当年风味不同，因为那时怕连送一片面包的人也没有；但心境又当不同，这却因了现在苏联的成功。事实胜于雄辩，竟不料现在就来了如此无情面的讽刺的。其次，你们的"理论"确比毛泽东先生们高超得多，岂但得多，简直一是在天上，一是在地下。但高超固然是可敬佩的，无奈这高超又恰恰为日本侵略者所欢迎，则这高超仍不免要从天上掉下来，掉到地上最不干净的地方去。因为你们高超的理论为日本所欢迎，我看了你们印出的很整齐的刊物，就不禁为你们捏一把汗，在大众面前，倘若有人造一个攻击你们的谣，说日本人出钱叫你们办报，你们能够洗刷得很清楚么？这决不是因为从前你们中曾有人跟着别人骂过我拿卢布，现在就来这一手以报复。不是的,我还不至于这样下流,因为我不相信你们会下作到拿日本人钱来出报攻击毛泽东先生们的一致抗日论。你们决不会的。我只要敬告你们一声,你们的高超的理论,将不受中国大众所欢迎,你们的所为有背于中国人现在为人的道德。我要对你们讲的话,就仅仅这一点。

最后,我倒感到一点不舒服,就是你们忽然寄信寄书给我,不是没有原因的。那就因为我的某几个"战友"曾指我是什么什么的原故。但我,即使怎样不行,自觉和你们总是相离很远的罢。那切切实实,足踏在地上,为着现在中国人的生存而流血奋斗者,我得引为同志,是自以为光荣的。要请你原谅,因为三日之期已过,你未必会再到那里去取,这信就公开作答了。即颂

大安。

鲁迅。六月九日。

(这信由先生口授,O. V.[5]笔写。)

* * *

〔1〕 本篇最初同时发表于1936年7月的《文学丛报》月刊第四期和《现实文学》月刊第一期。

〔2〕 康缪尼斯脱 英语Communist(共产党人)的音译。下文的Reds,英语"赤色分子"的意思,这里指红军。

〔3〕 陈×× 原署名陈仲山,本名陈其昌(1900—1942),河南洛阳人。1925年加入中国共产党,后追随陈独秀转入托洛茨基派立场,被开除出党,是中国托派组织的领导人之一。抗日战争其间在上海因从

事抗日活动被日军捕杀。

〔4〕 托洛斯基(Л. Д. Троцкий,1879—1940) 通译托洛茨基,曾参与领导十月革命,担任过革命军事委员会主席等职。列宁逝世后他成为联共(布)党内反对派的领袖,1927年被开除出党,1929年被驱逐出国,1940年被刺杀于墨西哥。他曾两次被沙俄流放到西伯利亚,下文所说"革命前西伯利亚的当年风味",即指此。

〔5〕 O.V. 即冯雪峰(1903—1976),浙江义乌人。作家、文艺理论家。中国左翼作家联盟领导成员之一。1933年底赴中央苏区瑞金,次年10月参加长征。1936年受派回上海工作,任中共上海办事处副主任。在从事左翼文化工作中与鲁迅建立深厚友谊。著有《论文集》、《灵山歌》、《回忆鲁迅》等。

论现在我们的文学运动[1]

——病中答访问者，O.V.笔录

"左翼作家联盟"五六年来领导和战斗过来的,是无产阶级革命文学的运动。这文学和运动,一直发展着;到现在更具体底地,更实际斗争底地发展到民族革命战争的大众文学。民族革命战争的大众文学,是无产阶级革命文学的一发展,是无产革命文学在现在时候的真实的更广大的内容。这种文学,现在已经存在着,并且即将在这基础之上,再受着实际战斗生活的培养,开起烂缦的花来罢。因此,新的口号的提出,不能看作革命文学运动的停止,或者说"此路不通"了。所以,决非停止了历来的反对法西主义,反对一切反动者的血的斗争,而是将这斗争更深入,更扩大,更实际,更细微曲折,将斗争具体化到抗日反汉奸的斗争,将一切斗争汇合到抗日反汉奸斗争这总流里去。决非革命文学要放弃它的阶级的领导的责任,而是将它的责任更加重,更放大,重到和大到要使全民族,不分阶级和党派,一致去对外。这个民族的立场,才真是阶级的立场。托洛斯基的中国的徒孙们,似乎胡涂到连这一点都不懂的。但有些我的战友,竟也有在作相反的"美梦"者,我想,也是极胡涂的昏虫。

但民族革命战争的大众文学,正如无产革命文学的口号一样,大概是一个总的口号罢。在总口号之下,再提些随时应变的具体的口号,例如"国防文学""救亡文学""抗日文艺"……等等,我以为是无碍的。不但没有碍,并且是有益的,需要的。自然,太多了也使人头昏,浑乱。

不过,提口号,发空论,都十分容易办。但在批评上应用,在创作上实现,就有问题了。批评与创作都是实际工作。以过去的经验,我们的批评常流于标准太狭窄,看法太肤浅;我们的创作也常现出近于出题目做八股的弱点。所以我想现在应当特别注意这点:民族革命战争的大众文学决不是只局限于写义勇军打仗,学生请愿示威……等等的作品。这些当然是最好的,但不应这样狭窄。它广泛得多,广泛到包括描写现在中国各种生活和斗争的意识的一切文学。因为现在中国最大的问题,人人所共的问题,是民族生存的问题。所有一切生活(包含吃饭睡觉)都与这问题相关;例如吃饭可以和恋爱不相干,但目前中国人的吃饭和恋爱却都和日本侵略者多少有些关系,这是看一看满洲和华北的情形就可以明白的。而中国的唯一的出路,是全国一致对日的民族革命战争。懂得这一点,则作家观察生活,处理材料,就如理丝有绪;作者可以自由地去写工人,农民,学生,强盗,娼妓,穷人,阔佬,什么材料都可以,写出来都可以成为民族革命战争的大众文学。也无需在作品的后面有意地插一条民族革命战争的尾巴,翘起来当作旗子;因为我们需要的,不是作品后面添上去的口号和矫作的尾巴,而是那全部作品中的真实的生活,生龙活虎的战斗,跳动着的脉搏,思想和热情,等等。

六月十日。

* * *

〔1〕 本篇最初同时发表于1936年7月《现实文学》月刊第一期和《文学界》月刊第一卷第二号。

《苏联版画集》序[1]

——前大半见上面《记苏联版画展览会》,
而将《附记》删去。再后便接下文:

　　右一篇,是本年二月间,苏联版画展览会在上海开会的时候,我写来登在《申报》上面的。这展览会对于中国给了不少的益处;我以为因此由幻想而入于脚踏实地的写实主义的大约会有许多人。良友图书公司要印一本画集,我听了非常高兴,所以当赵家璧[2]先生希望我参加选择和写作序文的时候,我都毫不思索地答应了:这是我所愿意做,也应该做的。

　　参加选择绘画,尤其是版画,我是践了夙诺的,但后来却生了病,缠绵月余,什么事情也不能做了,写序之期早到,我却还连拿一张纸的力量也没有。停印等我,势所不能,只好仍取旧文,印在前面,聊以塞责。不过我自信其中之所说也还可以略供参考,要请读者见恕的是我竟偏在这时候生病,不能写出一点新的东西来。

　　这一个月来,每天发热,发热中也有时记起了版画。我觉得这些作者,没有一个是潇洒,飘逸,伶俐,玲珑的。他们个个如广大的黑土的化身,有时简直显得笨重,自十月革命以后,开山的大师就忍饥,斗寒,以一个廓大镜和几把刀,不屈不挠的开拓了这一部门的艺术。这回虽然已是复制了,但大略尚存,我们可以看见,有那一幅不坚实,不恳切,或者是有取巧,弄乖的意思的呢?

我希望这集子的出世,对于中国的读者有好影响,不但可见苏联的艺术的成绩而已。

一九三六年六月二十三日,鲁迅述,许广平[3]记。

* * *

[1] 本篇最初印入《苏联版画集》。

《苏联版画集》,赵家璧编,1936年7月上海良友图书印刷公司出版。

[2] 赵家璧(1908—1997) 江苏松江(今属上海)人,作家,出版家。当时任良友图书印刷公司编辑。

[3] 许广平(1898—1968) 笔名景宋,广东番禺人,鲁迅夫人。著有《欣慰的纪念》、《关于鲁迅的生活》等。

半 夏 小 集[1]

一

A： 你们大家来品评一下罢,B竟蛮不讲理的把我的大衫剥去了!

B： 因为A还是不穿大衫好看。我剥它掉,是提拔他;要不然,我还不屑剥呢。

A： 不过我自己却以为还是穿着好……

C： 现在东北四省失掉了,你漫不管,只嚷你自己的大衫,你这利己主义者,你这猪猡!

C太太： 他竟毫不知道B先生是合作的好伴侣,这昏蛋!

二

用笔和舌,将沦为异族的奴隶之苦告诉大家,自然是不错的,但要十分小心,不可使大家得着这样的结论:"那么,到底还不如我们似的做自己人的奴隶好。"

三

"联合战线"[2]之说一出,先前投敌的一批"革命作家",

就以"联合"的先觉者自居,渐渐出现了。纳款[3],通敌的鬼蜮行为,一到现在,就好像都是"前进"的光明事业。

四

这是明亡后的事情。

凡活着的,有些出于心服,多数是被压服的。但活得最舒服横恣的是汉奸;而活得最清高,被人尊敬的,是痛骂汉奸的逸民。后来自己寿终林下,儿子已不妨应试去了,而且各有一个好父亲。至于默默抗战的烈士,却很少能有一个遗孤。

我希望目前的文艺家,并没有古之逸民气。

五

A: B,我们当你是一个可靠的好人,所以几种关于革命的事情,都没有瞒了你。你怎么竟向敌人告密去了?

B: 岂有此理!怎么是告密!我说出来,是因为他们问了我呀。

A: 你不能推说不知道吗?

B: 什么话!我一生没有说过谎,我不是这种靠不住的人!

六

A: 阿呀,B先生,三年不见了!你对我一定失望了罢?……

B：　没有的事……为什么？

　　A：　我那时对你说过,要到西湖上去做二万行的长诗[4],直到现在,一个字也没有,哈哈哈！

　　B：　哦,……我可并没有失望。

　　A：　您的"世故"可是进步了,谁都知道您记性好,"责人严",不会这么随随便便的,您现在也学会了说谎。

　　B：　我可并没有说谎。

　　A：　那么,您真的对我没有失望吗？

　　B：　唔,无所谓失不失望,因为我根本没有相信过你。

七

　　庄生以为"在上为乌鸢食,在下为蝼蚁食"[5],死后的身体,大可随便处置,因为横竖结果都一样。

　　我却没有这么旷达。假使我的血肉该喂动物,我情愿喂狮虎鹰隼,却一点也不给癞皮狗们吃。

　　养肥了狮虎鹰隼,它们在天空,岩角,大漠,丛莽里是伟美的壮观,捕来放在动物园里,打死制成标本,也令人看了神旺,消去鄙吝的心。

　　但养胖一群癞皮狗,只会乱钻,乱叫,可多么讨厌！

八

　　琪罗[6]编辑圣·蒲孚[7]的遗稿,名其一部为《我的毒》

(Mes Poisons);我从日译本上,看见了这样的一条:

"明言着轻蔑什么人,并不是十足的轻蔑。惟沉默是最高的轻蔑。——我在这里说,也是多余的。"

诚然,"无毒不丈夫",形诸笔墨,却还不过是小毒。最高的轻蔑是无言,而且连眼珠也不转过去。

九

作为缺点较多的人物的模特儿,被写入一部小说里,这人总以为是晦气的。

殊不知这并非大晦气,因为世间实在还有写不进小说里去的人。倘写进去,而又逼真,这小说便被毁坏。

譬如画家,他画蛇,画鳄鱼,画龟,画果子壳,画字纸篓,画垃圾堆,但没有谁画毛毛虫,画癞头疮,画鼻涕,画大便,就是一样的道理。

有人一知道我是写小说的,便回避我,我常想这样的劝止他,但可惜我的毒还不到这程度。

* * *

〔1〕 本篇最初发表于1936年10月《作家》月刊第二卷第一期。

〔2〕 "联合战线" 指抗日民族统一战线。

〔3〕 纳款 即降服、投降。《晋书·赫连勃勃载记》:"河源望旗而委质,北虏钦风而纳款。"

〔4〕 西湖做长诗 1931年3月《文艺新闻》周刊第三号"每日笔

记"栏曾登载"章衣萍赴西湖吟诗","叶灵凤赴西湖"写"长篇著作"的消息。鲁迅在《我对于〈文新〉的意见》(《集外集拾遗补编》)中批评过这类"大抵没有后文"的报导。

〔5〕 "在上为乌鸢食,在下为蝼蚁食" 语出《庄子·列御寇》:"庄子将死,弟子欲厚葬之。……庄子曰:'在上为乌鸢食,在下为蝼蚁食,夺彼与此,何其偏也!'"

〔6〕 琪罗(V. Giraud,1868—1953) 法国文艺批评家,著有《泰纳评传》等。

〔7〕 圣·蒲孚(C. A. Sainte-Beuve,1804—1869) 通译圣佩韦,法国文艺批评家。著有《文学家画像》、《月曜日讲话》等。

"这也是生活"……[1]

这也是病中的事情。

有一些事,健康者或病人是不觉得的,也许遇不到,也许太微细。到得大病初愈,就会经验到;在我,则疲劳之可怕和休息之舒适,就是两个好例子。我先前往往自负,从来不知道所谓疲劳。书桌面前有一把圆椅,坐着写字或用心的看书,是工作;旁边有一把藤躺椅,靠着谈天或随意的看报,便是休息;觉得两者并无很大的不同,而且往往以此自负。现在才知道是不对的,所以并无大不同者,乃是因为并未疲劳,也就是并未出力工作的缘故。

我有一个亲戚的孩子,高中毕了业,却只好到袜厂里去做学徒,心情已经很不快活的了,而工作又很繁重,几乎一年到头,并无休息。他是好高的,不肯偷懒,支持了一年多。有一天,忽然坐倒了,对他的哥哥道:"我一点力气也没有了。"

他从此就站不起来,送回家里,躺着,不想饮食,不想动弹,不想言语,请了耶稣教堂的医生来看,说是全体什么病也没有,然而全体都疲乏了。也没有什么法子治。自然,连接而来的是静静的死。我也曾经有过两天这样的情形,但原因不同,他是做乏,我是病乏的。我的确什么欲望也没有,似乎一切都和我不相干,所有举动都是多事,我没有想到死,但也没有觉得生;这就是所谓"无欲望状态",是死亡的第一步。曾有爱我者因此暗中下泪;然而我有转机了,我要喝一点汤水,我有时也看看四近的东西,如墙壁,苍蝇之类,此后才能觉得疲劳,才需要休息。

象心纵意的躺倒,四肢一伸,大声打一个呵欠,又将全体放在适宜的位置上,然后弛懈了一切用力之点,这真是一种大享乐。在我是从来未曾享受过的。我想,强壮的,或者有福的人,恐怕也未曾享受过。

记得前年,也在病后,做了一篇《病后杂谈》,共五节,投给《文学》,但后四节无法发表,印出来只剩了头一节了。[2]虽然文章前面明明有一个"一"字,此后突然而止,并无"二""三",仔细一想是就会觉得古怪的,但这不能要求于每一位读者,甚而至于不能希望于批评家。于是有人据这一节,下我断语道:"鲁迅是赞成生病的。"现在也许暂免这种灾难了,但我还不如先在这里声明一下:"我的话到这里还没有完。"

有了转机之后四五天的夜里,我醒来了,喊醒了广平。

"给我喝一点水。并且去开开电灯,给我看来看去的看一下。"

"为什么?……"她的声音有些惊慌,大约是以为我在讲昏话。

"因为我要过活。你懂得么?这也是生活呀。我要看来看去的看一下。"

"哦……"她走起来,给我喝了几口茶,徘徊了一下,又轻轻的躺下了,不去开电灯。

我知道她没有懂得我的话。

街灯的光穿窗而入,屋子里显出微明,我大略一看,熟识的墙壁,壁端的棱线,熟识的书堆,堆边的未订的画集,外面的进行着的夜,无穷的远方,无数的人们,都和我有关。我存在着,我在生活,我将生活下去,我开始觉得自己更切实了,我有动作的欲望——但不久我又坠入了睡眠。

第二天早晨在日光中一看,果然,熟识的墙壁,熟识的书堆……这些,在平时,我也时常看它们的,其实是算作一种休息。但我们一向轻视这等事,纵使也是生活中的一片,却排在喝茶搔痒之下,或者简直不算一回事。我们所注意的是特别的精华,毫不在枝叶。给名人作传的人,也大抵一味铺张其特点,李白怎样做诗,怎样耍颠,拿破仑怎样打仗,怎样不睡觉,却不说他们怎样不耍颠,要睡觉。其实,一生中专门耍颠或不睡觉,是一定活不下去的,人之有时能耍颠和不睡觉,就因为倒是有时不耍颠和也睡觉的缘故。然而人们以为这些平凡的都是生活的渣滓,一看也不看。

于是所见的人或事,就如盲人摸象,摸着了脚,即以为象的样子像柱子。中国古人,常欲得其"全",就是制妇女用的"乌鸡白凤丸",也将全鸡连毛血都收在丸药里,方法固然可笑,主意却是不错的。

删夷枝叶的人,决定得不到花果。

为了不给我开电灯,我对于广平很不满,见人即加以攻击;到得自己能走动了,就去一翻她所看的刊物,果然,在我卧病期中,全是精华的刊物已经出得不少了,有些东西,后面虽然仍旧是"美容妙法","古木发光",或者"尼姑之秘密",但第一面却总有一点激昂慷慨的文章。作文已经有了"最中心之主题"[3]:连义和拳时代和德国统帅瓦德西睡了一些时候的赛金花,也早已封为九天护国娘娘了。[4]

尤可惊服的是先前用《御香缥缈录》[5],把清朝的宫廷讲得津津有味的《申报》上的《春秋》,也已经时而大有不同,有一天竟在卷端的《点滴》[6]里,教人当吃西瓜时,也该想到我们土地的被割碎,像这西瓜一样。自然,这是无时无地无事而不爱国,无可訾议的。但倘使我一面这样想,一面吃西瓜,我恐怕一定咽不下去,即使用劲咽下,也难免不能消化,在肚子里咕咚的响它好半天。这也未必是因为我病后神经衰弱的缘故。我想,倘若用西瓜作比,讲过国耻讲义,却立刻又会高高兴兴的把这西瓜吃下,成为血肉的营养的人,这人恐怕是有些麻木。对他无论讲什么讲义,都是毫无功效的。

我没有当过义勇军,说不确切。但自己问:战士如吃西瓜,是否大抵有一面吃,一面想的仪式的呢?我想:未必有的。他大概只觉得口渴,要吃,味道好,却并不想到此外任何好听的大道理。吃过西瓜,精神一振,战斗起来就和喉干舌敝时候不同,所以吃西瓜和抗敌的确有关系,但和应该怎样想的上海设定的战略,却是不相干。这样整天哭丧着脸去吃喝,不多久,胃口就倒了,还抗什么敌。

然而人往往喜欢说得稀奇古怪,连一个西瓜也不肯主张平平常常的吃下去。其实,战士的日常生活,是并不全部可歌可泣的,然而又无不和可歌可泣之部相关联,这才是实际上的战士。

八月二十三日。

※　　※　　※

〔1〕 本篇最初发表于1936年9月5日上海《中流》半月刊第一卷第一期。

〔2〕 《病后杂谈》 写于1934年12月11日,共四节。在《文学》月刊第四卷第二号(1935年2月)发表时,被国民党当局检查删去后三节。全文后收入《且介亭杂文》。

〔3〕 "最中心之主题" 参看本书第77页注〔10〕。

〔4〕 瓦德西(A. von Waldersee, 1832—1904) 德国人,1900年侵略中国的八国联军总司令。赛金花(约1872—1936),江苏盐城人,清末的一个妓女。据近人柴萼所著《梵天庐丛录》卷三《庚辛纪事》中载:"金花故姓傅,名彩云(自云姓赵,实则姓曹),洪殿撰(钧)之妾也,随洪之西洋,艳名噪一时,归国后仍操丑业。""瓦德西统帅获名妓赛金花,嬖之甚,言听计从,隐为瓦之参谋。"这里说赛金花被"封为九天护国娘娘",是针对夏衍所作剧本《赛金花》以及当时报刊对该剧的赞扬而说的。

〔5〕 《御香缥缈录》 原名《老佛爷时代的西太后》,清宗室德龄所作。原本系英文,1933年在美国纽约出版。秦瘦鸥译为中文,1934年4月起在《申报》副刊《春秋》上连载,后由申报馆印行单行本。

〔6〕 《点滴》 《申报·春秋》刊登短篇文章的专栏。1936年8月12日该栏发表姚明然的短文中说:"当圆圆的西瓜,被瓜分的时候,我便想到和将来世界殖民地的再分割不是一样吗?"

"立此存照"(一)[1]

晓 角

海派《大公报》[2]的《大公园地》上,有《非庵漫话》,八月二十五日的一篇,题为《太学生应试》,云:

"这次太学生应试,国文题在文科的是:《士先器识而后文艺》,理科的是《拟南粤王复汉文帝书》,并把汉文帝遗南粤王赵佗书的原文附在题后。也许这个试题,对于现在的异动,不无见景生情之意。但是太学生对于这两个策论式的命题,很有些人摸不着头脑。有一位太学生在试卷上大书:'汉文帝三字仿佛故识,但不知系汉高祖几代贤孙,答南粤王赵他,则素昧生平,无从说起。且回去用功,明年再见。'某试官见此生误佗为他,辄批其后云:'汉高文帝爸,赵佗不是他;今年既不中,明年再来吧。'又一生在《士先器识而后文艺》题后,并未作文,仅书'若见美人甘下拜,凡闻过失要回头'一联,掷笔出场而去。某试官批云:'闻鼓鼙而思将帅之臣,临考试而动爱美之兴,幸该生尚能悬崖勒马,否则应打竹板四十,赶出场外。'是亦孤城落日中堪资谈助者。"

寥寥三百余字耳,却已将学生对于旧学之空疏和官师态度之浮薄写尽,令人觉自言"歇后郑五作宰相,天下事可知"[3]者,诚亦古之人不可及也。

但国文亦良难:汉若无赵他,中华民国亦岂得有"太学生"哉。

* * * *

〔1〕 本篇最初发表于1936年9月5日《中流》半月刊第一卷第一期。

〔2〕 海派《大公报》 指在上海发行的《大公报》,1936年4月1日开始发行。

〔3〕 "歇后郑五作宰相,天下事可知" 《唐书·郑綮传》载:"綮善为诗,多侮剧刺时,故落格调,时号郑五歇后体。初去庐江与郡人别云:'唯有两行公廨泪,一时洒向渡头风。'滑稽皆此类也……庶政未惬,綮每形于诗什而嘲之。"后来他被任为宰相,"亲宾来贺,搔首言曰:'歇后郑五作宰相,时事可知矣!'""歇后",就是结末的语词不说出来。宋代叶梦得《石林诗话》载:"(唐)彦谦题高庙(汉高祖陵)云:'耳闻明主提三尺,眼见愚民盗一抔。'虽是着题,然语皆歇后。""三尺",指"三尺剑";"一抔",指"一抔土"。郑綮(?—899),字蕴武,唐代荥阳(今属河南)人。曾任庐州刺史、右散骑常侍,昭宗时官礼部侍郎同平章事(即宰相)。

"立此存照"(二)[1]

晓 角

《申报》(八月九日)载本地人盛阿大,有一养女,名杏珍,年十六岁,于六日忽然失踪,盛在家检点衣物,从杏珍之箱箧中发现他人寄与之情书一封,原文云:

"光阴如飞般的过去了,倏忽已六个月半矣,在此过程中,很是觉得闷闷的,然而细想真有无穷快乐在眼前矣,细算时日,不久快到我们的时候矣,请万事多多秘密为要,如有东西,有机会拿来,请你爱惜金钱,不久我们需要金钱应用,幸勿浪费,是幸,你的身体爱惜,我睡在床上思想你,早晨等在洋台上,看你开门,我多看见你芳影,很是快活,请你勿要想念,再会吧,日健,爱书,"

盛遂将信呈交捕房,不久果获诱拐者云云。

案这种事件,是不足为训的。但那一封信,却是十足道地的语录体[2]情书,置之《宇宙风》中,也堪称佳作,可惜林语堂博士竟自赴美国讲学,不再顾念中国文风了。

现在录之于此,以备他日作《中国语录体文学史》者之采择,其作者,据《申报》云,乃法租界蒲石路四七九号协盛水果店伙无锡项三宝也。

* * * *

〔1〕 本篇最初发表于1936年9月5日《中流》半月刊第一卷第一期。

〔2〕 语录体 我国古代一种记录传道、授业时的问答口语而不重修饰的文体。这里是对林语堂的讽刺,当时林语堂提倡脱离现实的"幽默"、"性灵"文学和语录体诗文。按林语堂提倡的所谓语录体,据他解释,是"文言中不避俚语,白话中多放之乎"。(见1933年12月1日《论语》半月刊第三十期《怎样做语录体文?》)下文的《宇宙风》,参看本书第45页注〔9〕。

死[1]

当印造凯绥·珂勒惠支(Kaethe Kollwitz)所作版画的选集时,曾请史沫德黎(A. Smedley)[2]女士做一篇序。自以为这请得非常合适,因为她们俩原极熟识的。不久做来了,又逼着茅盾先生译出,现已登在选集上。其中有这样的文字:

"许多年来,凯绥·珂勒惠支——她从没有一次利用过赠授给她的头衔[3]——作了大量的画稿,速写,铅笔作的和钢笔作的速写,木刻,铜刻。把这些来研究,就表示着有二大主题支配着,她早年的主题是反抗,而晚年的是母爱,母性的保障,救济,以及死。而笼照于她所有的作品之上的,是受难的,悲剧的,以及保护被压迫者深切热情的意识。

"有一次我问她:'从前你用反抗的主题,但是现在你好像很有点抛不开死这观念。这是为什么呢?'用了深有所苦的语调,她回答道,'也许因为我是一天一天老了!'……"

我那时看到这里,就想了一想。算起来:她用"死"来做画材的时候,是一九一〇年顷;这时她不过四十三四岁。我今年的这"想了一想",当然和年纪有关,但回忆十余年前,对于死却还没有感到这么深切。大约我们的生死久已被人们随意处置,认为无足重轻,所以自己也看得随随便便,不像欧洲人那样的认真了。有些外国人说,中国人最怕死。这其实是不确的,——但自然,每不免模模胡胡的死掉则有之。

大家所相信的死后的状态,更助成了对于死的随便。谁都知道,我们中国人是相信有鬼(近时或谓之"灵魂")的,既有鬼,则死掉之后,虽然已不是人,却还不失为鬼,总还不算是一无所有。不过设想中的做鬼的久暂,却因其人的生前的贫富而不同。穷人们是大抵以为死后就去轮回[4]的,根源出于佛教。佛教所说的轮回,当然手续繁重,并不这简单,但穷人往往无学,所以不明白。这就是使死罪犯人绑赴法场时,大叫"二十年后又是一条好汉",面无惧色的原因。况且相传鬼的衣服,是和临终时一样的,穷人无好衣裳,做了鬼也决不怎么体面,实在远不如立刻投胎,化为赤条条的婴儿的上算。我们曾见谁家生了小孩,胎里就穿着叫化子或是游泳家的衣服的么?从来没有。这就好,从新来过。也许有人要问,既然相信轮回,那就说不定来生会堕入更穷苦的景况,或者简直是畜生道,更加可怕了。但我看他们是并不这样想的,他们确信自己并未造出该入畜生道的罪孽,他们从来没有能堕畜生道的地位,权势和金钱。

然而有着地位,权势和金钱的人,却又并不觉得该堕畜生道;他们倒一面化为居士,准备成佛,一面自然也主张读经复古,兼做圣贤。他们像活着时候的超出人理一样,自以为死后也超出了轮回的。至于小有金钱的人,则虽然也不觉得该受轮回,但此外也别无雄才大略,只豫备安心做鬼。所以年纪一到五十上下,就给自己寻葬地,合寿材,又烧纸锭,先在冥中存储,生下子孙,每年可吃羹饭。这实在比做人还享福。假使我现在已经是鬼,在阳间又有好子孙,那么,又何必零星卖稿,或向北新书局[5]去算账呢,只要很闲适的躺在楠木或阴沉木的棺材里,逢年逢节,就自有一桌盛馔和一堆国币摆在眼前了,岂不快哉!

就大体而言,除极富贵者和冥律无关外,大抵穷人利于立即投胎,小康者利于长久做鬼。小康者的甘心做鬼,是因为鬼的生活(这两字大有语病,但我想不出适当的名词来),就是他还未过厌的人的生活的连续。阴间当然也有主宰者,而且极其严厉,公平,但对于他独独颇肯通融,也会收点礼物,恰如人间的好官一样。

有一批人是随随便便,就是临终也恐怕不大想到的,我向来正是这随便党里的一个。三十年前学医的时候,曾经研究过灵魂的有无,结果是不知道;又研究过死亡是否苦痛,结果是不一律,后来也不再深究,忘记了。近十年中,有时也为了朋友的死,写点文章,不过好像并不想到自己。这两年来病特别多,一病也比较的长久,这才往往记起了年龄,自然,一面也为了有些作者们笔下的好意的或是恶意的不断的提示。

从去年起,每当病后休养,躺在藤躺椅上,每不免想到体力恢复后应该动手的事情:做什么文章,翻译或印行什么书籍。想定之后,就结束道:就是这样罢——但要赶快做。这"要赶快做"的想头,是为先前所没有的,就因为在不知不觉中,记得了自己的年龄。却从来没有直接的想到"死"。

直到今年的大病,这才分明的引起关于死的豫想来。原先是仍如每次的生病一样,一任着日本的 S 医师[6]的诊治的。他虽不是肺病专家,然而年纪大,经验多,从习医的时期说,是我的前辈,又极熟识,肯说话。自然,医师对于病人,纵使怎样熟识,说话是还是有限度的,但是他至少已经给了我两三回警告,不过我仍然不以为意,也没有转告别人。大约实在是日子太久,病象太险了的缘故罢,几个朋友暗自协商定局,请了美国的 D 医师[7]来诊察了。他是在上海的唯一的欧洲的肺病专家,经过打诊,听诊之后,虽然誉我为最能抵抗疾病的典型的中国人,然而也宣告了我的就要灭亡;并且说,倘是欧洲人,则在五年前已经死掉。这判决使善感的朋友们下泪。我也没有请他开方,因为我想,他的医学从欧洲学来,一定没有学过给死了五年的病人开方的法子。然而 D 医师的诊断却实在是极准确的,后来我照了一张用 X 光透视的胸像,所见的景象,竟大抵和他的诊断相同。

我并不怎么介意于他的宣告,但也受了些影响,日夜躺着,无力谈话,无力看书。连报纸也拿不动,又未曾炼到"心如古井",就只好想,而从此竟有时要想到"死"了。不过所想的也并非"二十年后又是一条好汉",或者怎样久住在楠木棺材里之类,而是临终之前的琐事。在这时候,我才确信,我是到底相信人死无鬼的。我只想到过写遗嘱,以为我倘曾贵为宫保[8],富有千万,儿子和女婿及其他一定早已逼我写好遗嘱了,现在却谁也不提起。但是,我也留下一张罢。当时好像很想定了一些,都是写给亲属的,其中有的是:

死

一，不得因为丧事，收受任何人的一文钱。——但老朋友的，不在此例。

二，赶快收敛，埋掉，拉倒。

三，不要做任何关于纪念的事情。

四，忘记我，管自己生活。——倘不，那就真是胡涂虫。

五，孩子长大，倘无才能，可寻点小事情过活，万不可去做空头文学家或美术家。

六，别人应许给你的事物，不可当真。

七，损着别人的牙眼，却反对报复，主张宽容的人，万勿和他接近。

此外自然还有，现在忘记了。只还记得在发热时，又曾想到欧洲人临死时，往往有一种仪式，是请别人宽恕，自己也宽恕了别人。我的怨敌可谓多矣，倘有新式的人问起我来，怎么回答呢？我想了一想，决定的是：让他们怨恨去，我也一个都不宽恕。

但这仪式并未举行，遗嘱也没有写，不过默默的躺着，有时还发生更切迫的思想：原来这样就算是在死下去，倒也并不苦痛；但是，临终的一刹那，也许并不这样的罢；然而，一世只有一次，无论怎样，总是受得了的……。后来，却有了转机，好起来了。到现在，我想，这些大约并不是真的要死之前的情形，真的要死，是连这些想头也未必有的，但究竟如何，我也不知道。

九月五日。

※　　※　　※

〔1〕 本篇最初发表于1936年9月20日《中流》半月刊第一卷第二期。

〔2〕 史沫德黎（1890—1950） 通译史沫特莱，美国女作家、记者。1928年来中国，1929年底开始与作者交往。著有自传体长篇小说《大地的女儿》和介绍朱德革命经历的报告文学《伟大的道路》等。这里所说的"一篇序"，题为《凯绥·珂勒惠支——民众的艺术家》。

〔3〕 1918年德国11月革命成立共和国以后，德国政府文化与教育部曾授予凯绥·珂勒惠支以教授称号，普鲁士艺术学院聘请她为院士，又授予她"艺术大师"的荣誉称号，享有领取终身年金的权利。

〔4〕 轮回 佛家语。佛教宣扬众生各依所作善恶业因，在所谓天、人、阿修罗（印度神话中的一种恶神）、地狱、饿鬼、畜生六道中不断循环转化。《心地观经》："有情轮回生六道，犹如车轮无始终。"

〔5〕 北新书局 当时上海的一家书店，李小峰主持，曾出版过鲁迅著译多种。因拖欠版税问题，鲁迅于1929年8月曾委托律师与之交涉。

〔6〕 S医师 即须藤五百三（1876—1959），日本冈山县人，早年任军医，1911年后在朝鲜任道立医院院长，1917年后在上海开设须藤医院。

〔7〕 D医师 即托马斯·邓恩（Thomas Dunn，1886—1948），美籍英国人。早年任美国海军军医，1920年来上海行医，曾由史沫特莱介绍为作者看病。

〔8〕 宫保 即太子太保、少保的通称，一般都是授予大臣的加衔，以表示荣宠。清末邮传大臣、大买办盛宣怀曾被授为"太子少保"，他死后其亲属曾因争夺遗产而引起诉讼。

女　　吊[1]

大概是明末的王思任[2]说的罢:"会稽乃报仇雪耻之乡,非藏垢纳污之地!"这对于我们绍兴人很有光彩,我也很喜欢听到,或引用这两句话。但其实,是并不的确的;这地方,无论为那一样都可以用。

不过一般的绍兴人,并不像上海的"前进作家"那样憎恶报复,却也是事实。单就文艺而言,他们就在戏剧上创造了一个带复仇性的,比别的一切鬼魂更美,更强的鬼魂。这就是"女吊"。我以为绍兴有两种特色的鬼,一种是表现对于死的无可奈何,而且随随便便的"无常"[3],我已经在《朝华夕拾》里得了绍介给全国读者的光荣了,这回就轮到别一种。

"女吊"也许是方言,翻成普通的白话,只好说是"女性的吊死鬼"。其实,在平时,说起"吊死鬼",就已经含有"女性的"的意思的,因为投缳而死者,向来以妇人女子为最多。有一种蜘蛛,用一枝丝挂下自己的身体,悬在空中,《尔雅》上已谓之"蜆,缢女"[4],可见在周朝或汉朝,自经的已经大抵是女性了,所以那时不称它为男性的"缢夫"或中性的"缢者"。不过一到做"大戏"或"目连戏"的时候,我们便能在看客的嘴里听到"女吊"的称呼。也叫作"吊神"。横死的鬼魂而得到"神"的尊号的,我还没有发现过第二位,则其受民众之爱戴也可想。但为什么这时独要称她"女吊"呢?很容易解:因为在戏台上,也要有"男吊"出现了。

我所知道的是四十年前的绍兴,那时没有达官显宦,所以未闻有专门为人(堂会?)的演剧。凡做戏,总带着一点社戏性,供着神位,是看戏的主体,人们去看,不过叨光。但"大戏"或"目连戏"所邀请的看客,范围可较广了,自然请神,而又请鬼,尤其是横死的怨鬼。所以仪式就更紧张,更严肃。一请怨鬼,仪式就格外紧张严肃,我觉得这道理是很有趣的。

也许我在别处已经写过。"大戏"和"目连"[5],虽然同是演给神,人,鬼看的戏文,但两者又很不同。不同之点:一在演员,前者是专门的戏子,后者则是临时集合的 Amateur[6]——农民和工人;一在剧本,前者有许多种,后者却好歹总只演一本《目连救母记》。然而开场的"起殇",中间的鬼魂时时出现,收场的好人升天,恶人落地狱,是两者都一样的。

当没有开场之前,就可看出这并非普通的社戏,为的是台两旁早已挂满了纸帽,就是高长虹[7]之所谓"纸糊的假冠",是给神道和鬼魂戴的。所以凡内行人,缓缓的吃过夜饭,喝过茶,闲闲而去,只要看挂着的帽子,就能知道什么鬼神已经出现。因为这戏开场较早,"起殇"在太阳落尽时候,所以饭后去看,一定是做了好一会了,但都不是精彩的部分。"起殇"者,绍兴人现已大抵误解为"起丧",以为就是召鬼,其实是专限于横死者的。《九歌》中的《国殇》[8]云:"身既死兮神以灵,魂魄毅兮为鬼雄",当然连战死者在内。明社垂绝,越人起义而死者不少,至清被称为叛贼,我们就这样的一同招待他们的英灵。在薄暮中,十几匹马,站在台下了;戏子扮好一个鬼王,蓝面鳞纹,手执钢叉,还得有十几名鬼卒,则普通的孩子都可以应募。我在十余岁时候,就曾经充过这样的义勇鬼,爬上台去,说明志愿,他们就给在脸上涂上几笔彩色,交付一柄钢叉。待到有十多人了,即一拥上马,疾驰到野外的许多无主孤坟之处,环绕三匝,下马大叫,将钢叉用力的连连掷刺在坟墓上,然后拔叉驰回,上了前台,一同大叫一声,将钢叉一掷,钉在台板上。我们的责任,这就算完结,洗脸下台,可以回家了,但倘被父母所知,往往不免挨一顿竹篠(这是绍兴打孩子的最普通的东西),一以罚其带着鬼气,二以贺其没有跌死,但我却幸而从来没有被觉察,也许是因为得了恶鬼保佑的缘故罢。

　　这一种仪式,就是说,种种孤魂厉鬼,已经跟着鬼王和鬼卒,前来和我们一同看戏了,但人们用不着担心,他们深知道理,这一夜决不丝毫作怪。于是戏文也接着开场,徐徐进行,人事之中,夹以出鬼:火烧鬼,淹死鬼,科场鬼(死在考场里的),虎伤鬼……孩子们也可以自由去扮,但这种没出息鬼,愿意去扮的并不多,看客也不将它当作一回事。一到"跳吊"时分——"跳"是动词,意义和"跳加官"[9]之"跳"同——情形的松紧可就大不相同了。台上吹起悲凉的喇叭来,中央的横梁上,原有一团布,也在这时放下,长约戏台高度的五分之二。看客们都屏着气,台上就闯出一个不穿衣裤,只有一条犊鼻裈[10],面施几笔粉墨的男人,他就是"男吊"。一登台,径奔悬布,像蜘蛛的死守着蛛丝,也如结网,在这上面钻,挂。他用布吊着各处:腰,胁,胯下,肘弯,腿弯,后项窝……一共七七四十九处。最后才是脖子,但是并不真套进去的,两手扳着布,将颈子一伸,就跳下,走掉了。这"男吊"最不易跳,演目连戏时,独有这一个脚色须特请专门的戏子。那时的老年人告诉我,这也是最危险的时候,因为也许会招出真的"男吊"来。所以后台上一定要扮一个王灵官[11],一手捏诀,一手执鞭,目不转睛的看着一面照见前台的镜子。倘镜中见有两个,那么,一个就是真鬼了,他得立刻跳出去,用鞭将假鬼打落台下。假鬼一落台,就该跑到河边,洗去粉墨,挤在人丛中看戏,然后慢慢的回家。倘打得慢,他就会在戏台上吊死;洗得慢,真鬼也还会认识,跟住他。这挤在人丛中看自己们所做的戏,就如要人下野而念佛,或出洋游历一样,也正是一种缺少不得的过渡仪式。

这之后,就是"跳女吊"。自然先有悲凉的喇叭;少顷,门幕一掀,她出场了。大红衫子,黑色长背心,长发蓬松,颈挂两条纸锭,垂头,垂手,弯弯曲曲的走一个全台,内行人说:这是走了一个"心"字。为什么要走"心"字呢?我不明白。我只知道她何以要穿红衫。看王充的《论衡》[12],知道汉朝的鬼的颜色是红的,但再看后来的文字和图画,却又并无一定颜色,而在戏文里,穿红的则只有这"吊神"。意思是很容易了然的;因为她投缳之际,准备作厉鬼以复仇,红色较有阳气,易于和生人相接近,……绍兴的妇女,至今还偶有搽粉穿红之后,这才上吊的。自然,自杀是卑怯的行为,鬼魂报仇更不合于科学,但那些都是愚妇人,连字也不认识,敢请"前进"的文学家和"战斗"的勇士们不要十分生气罢。我真怕你们要变呆鸟。

她将披着的头发向后一抖,人这才看清了脸孔:石灰一样白的圆脸,漆黑的浓眉,乌黑的眼眶,猩红的嘴唇。听说浙东的有几府的戏文里,吊神又拖着几寸长的假舌头,但在绍兴没有。不是我袒护故乡,我以为还是没有好;那么,比起现在将眼眶染成淡灰色的时式打扮来,可以说是更彻底,更可爱。不过下嘴角应该略略向上,使嘴巴成为三角形:这也不是丑模样。假使半夜之后,在薄暗中,远处隐约着一位这样的粉面朱唇,就是现在的我,也许会跑过去看看的,但自然,却未必就被诱惑得上吊。她两肩微耸,四顾,倾听,似惊,似喜,似怒,终于发出悲哀的声音,慢慢地唱道:

"奴奴本是杨家女[13],

呵呀,苦呀,天哪!……"

下文我不知道了。就是这一句,也还是刚从克士[14]那里听来的。但那大略,是说后来去做童养媳,备受虐待,终于弄到投缳。唱完就听到远处的哭声,这也是一个女人,在衔冤悲泣,准备自杀。她万分惊喜,要去"讨替代"了,却不料突然跳出"男吊"来,主张应该他去讨。他们由争论而至动武,女的当然不敌,幸而王灵官虽然脸相并不漂亮,却是热烈的女权拥护家,就在危急之际出现,一鞭把男吊打死,放女的独去活动了。老年人告诉我说:古时候,是男女一样的要上吊的,自从王灵官打死了男吊神,才少有男人上吊;而且古时候,是身上有七七四十九处,都可以吊死的,自从王灵官打死了男吊神,致命处才只在脖子上。中国的鬼有些奇怪,好像是做鬼之后,也还是要死的,那时的名称,绍兴叫作"鬼里鬼"。但男吊既然早被王灵官打死,为什么现在"跳吊",还会引出真的来呢?我不懂这道理,问问老年人,他们也讲说不明白。

而且中国的鬼还有一种坏脾气,就是"讨替代",这才完全是利己主义;倘不然,是可以十分坦然的和他们相处的。习俗相沿,虽女吊不免,她有时也单是"讨替代",忘记了复仇。绍兴煮饭,多用铁锅,烧的是柴或草,烟煤一厚,火力就不灵了,因此我们就常在地上看见刮下的锅煤。但一定是散乱的,凡村姑乡妇,谁也决不肯省些力,把锅子伏在地面上,团团一刮,使烟煤落成一个黑圈子。这是因为吊神诱人的圈套,就用煤圈炼成的缘故。散掉烟煤,正是消极的抵制,不过为的是反对"讨替代",并非因为怕她去报仇。被压迫者即使没有报复的毒心,也决无被报复的恐惧,只有明明暗暗,吸血吃肉的凶手或其帮闲们,这才赠人以"犯而勿校"或"勿念旧恶"[15]的格言,——我到今年,也愈加看透了这些人面东西的秘密。

九月十九——二十日。

* * *

〔1〕 本篇最初发表于1936年10月5日《中流》半月刊第一卷第三期。

〔2〕 王思任(1574—1646) 字季重,浙江山阴(今绍兴)人,明末官九江佥事。弘光元年(1645)清兵破南京,明朝宰相马士英逃往浙江,王思任在骂他的信中说:"叛兵至则束手无措,强敌来则缩颈先

逃……且欲求奔吾越;夫越乃报仇雪耻之国,非藏垢纳污之地也。"鲁王监国于绍兴,思任曾为礼部尚书,不久,绍兴城破,绝食而死。著有《文饭小品》等。

〔3〕 "无常" 佛家语。原指世间一切事物都在变异灭坏的过程中;后引申为死的意思,也用以称迷信传说中的"勾魂使者"。

〔4〕 《尔雅》 我国最早的解释词义的专著,大概由汉初学者缀辑周汉著作而成。儒家经典之一。"蚬,缢女",见《尔雅·释虫》。

〔5〕 "大戏"和"目连" 都是绍兴的地方戏。清代范寅《越谚》卷中说:"班子:唱戏成齣(班)者,有文班、武班之别。文专唱和,名高调班;武演战斗,名乱弹班。"又说:"万(按此处读'木')莲班:此专唱万莲一出戏者,百姓为之。"高调班和乱弹班就是大戏;万莲班就是目连戏。大戏和目连戏所演的《目连救母》,内容繁简不一,但开场和收场,以及鬼魂的出现则都相同。参看《朝花夕拾·无常》和《且介亭杂文·门外文谈》第十节。

〔6〕 Amateur 英语(源出拉丁语):业余从事文艺、科学或体育运动的人;这里用作业余演员的意思。

〔7〕 高长虹在1925年11月7日《狂飙周刊》第五期上发表的《1925北京出版界形势指掌图》中攻击鲁迅说:"实际的反抗者(按指女师大学生)从哭声中被迫出校后……鲁迅遂戴其纸糊的权威者的假冠入于心身交病之状况矣!"参看《华盖集续编·所谓"思想界先驱者"鲁迅启事》。

〔8〕 《九歌》 我国古代楚国人民祭神的歌词。计十一篇,相传为屈原所作。《国殇》是对阵亡将士的颂歌。

〔9〕 "跳加官" 旧时在戏剧开场演出以前,常由演员一人戴面具(即"加官脸"),穿袍执笏,手里拿着写有"天官赐福"、"指日高升"等

吉利话的条幅,在场上回旋舞蹈,称为跳加官。

〔10〕 犊鼻裈　原出《史记·司马相如传》,据南朝宋裴骃《集解》引三国吴韦昭说:"今三尺布作,形如犊鼻。"这里是指绍兴一带称为牛头裤的一种短裤。

〔11〕 王灵官　相传是北宋末年的方士,明宣宗时封为隆恩真君。据《明史·礼志》:"隆恩真君者……玉枢火府天将王灵官也。"后来道观中都奉为镇山门之神。

〔12〕 王充(27—约97)　字仲任,会稽上虞(今属浙江)人,东汉思想家和散文家。曾任刺史从事、治中等微职,后居家著述。《论衡》是他的论文集,今存八十四篇。《论衡·订鬼篇》说:"鬼,阳气也,时藏时见。阳气赤,故世人尽见鬼,其色纯朱。"

〔13〕 杨家女　应为良家女。据目连戏的故事说:她幼年时父母双亡,婶母将她领给杨家做童养媳,后又被婆婆卖入妓院,终于自缢身死。在目连戏中,她的唱词是:"奴奴本是良家女,将奴卖入勾栏里;生前受不过王婆气,将奴逼死勾栏里。阿呀,苦呀,天哪!将奴逼死勾栏里。"

〔14〕 克士　周建人的笔名。周建人(1888—1984),字乔峰,生物学家。鲁迅的三弟。当时任商务印书馆编辑。

〔15〕 "犯而勿校"　语出《论语·泰伯》:"有若无,实若虚,犯而不校。"校,计较的意思。"勿念旧恶",语出《论语·公冶长》:"伯夷、叔齐不念旧恶,怨是用希。"

"立此存照"(三)[1]

晓　角

饱暖了的白人要搔痒的娱乐，但菲洲食人蛮俗和野兽影片已经看厌，我们黄脸低鼻的中国人就被搬上银幕来了。于是有所谓"辱华影片"事件，我们的爱国者，往往勃发了义愤。

五六年前罢，因为《月宫盗宝》这片子，和范朋克[2]大闹了一通，弄得不欢而散。但好像彼此到底都没有想到那片子上其实是蒙古王子，和我们不相干；而故事是出于《天方夜谈》[3]的，也怪不得只是演员非导演的范朋克。

不过我在这里，也并无替范朋克叫屈的意思。

今年所提起的《上海快车》事件，却比《盗宝》案切实得多了。我情愿做一回"文剪公"，因为事情和文章都有意思，太删节了怕会索然无味。首先，是九月二十日上海《大公报》内《大公俱乐部》上所载的，萧运先生的《冯史丹堡[4]过沪再志》：

"这几天，上海的电影界，忙于招待一位从美国来的贵宾，那便是派拉蒙公司的名导演约瑟夫·冯史丹堡（Josef von Sternberg），当一些人在热烈地欢迎他的时候，同时有许多人在向他攻击，因为他是辱华片《上海快车》（Shanghai Express）的导演人，他对于我国曾有过重大的

163

侮蔑。这是令人难忘的一回事!

"说起《上海快车》,那是五年前的事了,上海正当一二八战事之后,一般人的敌忾心理还很敏锐,所以当这部歪曲了事实的好莱坞出品在上海出现时,大家不由都一致发出愤慨的呼声,像昙花一现地,这部影片只映了两天,便永远在我国人眼前消灭了。到了五年后的今日,这部片子的导演人还不能避免舆论的谴责。说不定经过了这回教训之后,冯史丹堡会明白,无理侮蔑他人是不值得的。

"拍《上海快车》的时候,冯史丹堡对于中国,可以说一点印象没有,中国是怎样的,他从来不晓得,所以他可以替自己辩护,这回侮辱中国,并非有意如此。但是现在,他到过中国了,他看过中国了,如果回好莱坞之后,他再会制出《上海快车》那样作品,那才不可恕呢。他在上海时对人说他对中国的印象很好,希望他这是真话。"(下略。)

但是,究竟如何?不幸的是也是这天的《大公报》,而在《戏剧与电影》上,登有弃扬先生的《艺人访问记》,云:

"以《上海快车》一片引起了中国人注意的导演人约瑟夫·冯史登堡氏,无疑,从这次的旅华后,一定会获得他的第二部所谓辱华的题材的。

"'中国人没有自知,《上海快车》所描写的,从此次的来华,益给了我不少证实……'不像一般来华的访问者,一到中国就改变了他原有的论调;冯史登堡氏确有着这样一种隽然的艺术家风度,这是很值得我们的敬佩的。"

(中略。)

"没有极正面去抗议《上海快车》这作品,只把他在美时和已来华后,对中日的感想来问了。

"不立刻置答,继而莞然地说:

"'在美时和已来华后,并没有什么不同,东方风味确然两样,日本的风景很好,中国的北平亦好,上海似乎太繁华了,苏州太旧,神秘的情调,确实是有的。许多访问者都以《上海快车》事来质问我,实际上,不必掩饰是确有其事的。现在是更留得了一个真切的印象。……我不带摄影机,但我的眼睛,是不会叫我忘记这一些的。'使我想起了数年前南京中山路,为了招待外宾而把茅棚拆除的故事。……"

原来他不但并不改悔,倒更加坚决了,怎样想着,便怎么说出,真有日耳曼人的好的一面的蛮风,我同意记者之所说:"值得我们的敬佩"。

我们应该有"自知"之明,也该有知人之明:我们要知道他并不把中国的"舆论的谴责"放在心里,我们要知道中国的舆论究有多大的权威。

"但是现在,他到过中国了,看过中国了","他在上海时对人说他对中国的印象很好",据《访问记》,也确是"真话"。不过他说"好"的是北平,是地方,不是中国人,中国的地方,从他们看来,和人们已经几乎并无关系了。

况且我们其实也并无什么好的人事给他看。我看过关于冯史丹堡的文章,就去翻阅前一天的,十九日的报纸,也没有什么体面事,现在就剪两条电报在这里:

"(北平十八日中央社电)平九一八纪念日,警宪戒备极严,晨六时起,保安侦缉两队全体出动,在各学校公共场所冲要街巷等处配置一切,严加监视,所有军警,并停止休息一日。全市空气颇呈紧张,但在平安中渡过。"

"(天津十八日下午十一时专电)本日傍晚,丰台日军突将二十九军驻防该处之冯治安部包围,勒令缴械,入夜尚在相持中。日军已自北平增兵赴丰台,详况不明。查月来日方迭请宋哲元部将冯部撤退,宋迄未允。"

跳下一天,二十日的报上的电报:

"(丰台十九日同盟社电)十八日之丰台事件,于十九日上午九时半圆满解决,同时日本军解除包围形势,集合于车站前大坪,中国军亦同样整列该处,互释误会。"

再下一天,二十一日报上的电报:

"(北平二十日中央社电)丰台中日军误会解决后,双方当局为避免今后再发生同样事件,经详细研商,决将两军调至较远之地方,故我军原驻丰台之二营五连,已调驻丰台迤南之赵家村,驻丰日军附近,已无我军踪迹矣。"

我不知道现在冯史丹堡在那里,倘还在中国,也许要错认今年为"误会年",十八日为"学生造反日"的罢。

其实,中国人是并非"没有自知"之明的,缺点只在有些人安于"自欺",由此并想"欺人"。譬如病人,患着浮肿,而讳疾忌医,但愿别人胡涂,误认他为肥胖。妄想既久,时而自己也觉得好像肥胖,并非浮肿;即使还是浮肿,也是一种特别的好浮肿,与众不同。如果有人,当面指明:这非肥胖,而是浮肿,且并不"好",病而已矣。那么,他就失望,含羞,于是成怒,骂指明者,以为昏妄。然而还想吓他,骗他,又希望他畏惧主人的愤怒和骂詈,惴惴的再看一遍,细寻佳处,改口说这的确是肥胖。于是他得到安慰,高高兴兴,放心的浮肿着了。

不看"辱华影片",于自己是并无益处的,不过自己不看见,闭了眼睛浮肿着而已。但看了而不反省,却也并无益处。我至今还在希望有人翻出斯密斯的《支那人气质》[5]来。看了这些,而自省,分析,明白那几点说的对,变革,挣扎,自做工夫,却不求别人的原谅和称赞,来证明究竟怎样的是中国人。

※　　※　　※

〔1〕　本篇最初发表于1936年10月5日《中流》半月刊第一卷第三期。

〔2〕　范朋克(D. Fairbanks,1883—1939)　美国电影演员。1929年他到上海游历,当时报纸上曾指摘他在影片《月宫盗宝》中侮辱中国人。参看《二心集·〈现代电影与有产阶级〉译者附记》。

〔3〕　《天方夜谈》　现译《一千零一夜》,阿拉伯古代民间故事集。影片《月宫盗宝》原名《巴格达的窃贼》(The Thief of Bagdad),即取材于此书。

〔4〕　冯史丹堡(1894—1969)　通译斯登堡,美国电影导演。生

于维也纳,七岁时随父母移居美国。执导的影片有《求救的人们》、《下层社会》等。

〔5〕 斯密斯(A. H. Smith,1845—1932) 美国传教士,曾居留中国五十余年。

"立此存照"（四）[1]

晓　角

近年的期刊有《越风》[2]，撰人既非全是越人，所谈也非尽属越事，殊不知其命名之所以然。自然，今年是必须痛骂贰臣和汉奸的，十七期中，有高越天先生作的《贰臣汉奸的丑史和恶果》，第一节之末云：

"明朝颇崇气节，所以亡国之际，忠臣义烈，殉节不屈的多不胜计，实为我汉族生色。但是同时汉奸贰臣，却也不少，最大汉奸吴三桂，贰臣洪承畴，这两个没廉耻的东西，我们今日闻名，还须掩鼻。其实他们在当时昧了良心努力讨好清廷，结果还是'鸟尽弓藏，兔死狗烹'，真是愚不可及，大汉奸的下场尚且如此，许多次等汉奸，结果自更属可惨。……"

后又据《雪庵絮墨》[3]，述清朝对于开创功臣，皆配享太庙，然无汉人之耿精忠，尚可喜，吴三桂，洪承畴[4]四名，洪且由乾隆列之《贰臣传》[5]之首，于是诫曰：

"似这样丢脸的事情，我想不独含怨泉下的洪经略要大吃一惊，凡一班吃里爬外，枪口向内的狼鼠之辈，读此亦当憬然而悟矣。"

这种训诫，是反问不得的。倘有不识时务者问："如果那时并不'鸟尽弓藏,兔死狗烹,'[6]而且汉人也配享太庙,洪承畴不入《贰臣传》,则将如何?"我觉得颇费唇舌。

因为卫国和经商不同,值得与否,并不是第一着也。

* * *

〔1〕 本篇最初发表于1936年10月5日《中流》半月刊第一卷第三期。

〔2〕 《越风》 小品文半月刊,黄萍荪主编,1935年10月在杭州创刊。曾得国民党中宣部额外津贴。

〔3〕 《越风》半月刊第十七期(1936年7月30日)所载高越天的原文说:"如《雪庵絮墨》载:'清之入关,汉族功最重者,武臣当推耿、尚、吴三藩王,文臣则以洪经略承畴为第一。按报功酬庸之旨,上述四人应列庙享,或入祠祭。而吾详考之结果,则太庙东西两庑,以及贤良、功臣、昭忠等祠,皆无此四公大名……而洪大经略……宣付国史馆列入功臣传之事迹,经康、雍两朝之久,骤然被高宗特旨提出荣升为《贰臣传》中第一名。'"高越天,浙江萧山人,时任陕西《西京日报》主笔。下文的《雪庵絮墨》,当时上海《大公报》副刊连载的专栏文章。

〔4〕 耿精忠(?—1682) 清汉军正黄旗人。康熙间袭爵为靖南王,镇守福建。康熙十三年(1674)起兵响应吴三桂反叛,屡败而降,被处死。尚可喜(1604—1676),辽东(今辽宁辽阳)人。崇祯间为副总兵。后降清,属汉军镶蓝旗,从清兵入关,封平南王,镇守广州。后因其子之信响应吴三桂反叛,他忧急而死。吴三桂(1612—1678),高邮(今属江苏)人。崇祯间为辽东总兵。李自成攻克北京后,他引清兵入关,受封为平西王,镇压川、陕农民军,俘杀南明永历帝,镇守云南,与耿、尚同为清初"三藩"。康熙十二年(1673)清廷下令撤藩,吴三桂起兵反叛,康熙

十七年在衡州称帝,不久病死。洪承畴(1593—1665),福建南安人。崇祯间任蓟辽总督,抵御清军,兵败降清。后随清军入关,在南京总督军务,镇压江南抗清义军,顺治十年(1653)受任七省经略,镇压各部农民军。清初开国规制,多出其手。

〔5〕《贰臣传》 十二卷,清高宗(乾隆)敕编,载投降清朝的明朝官员一百二十五人的事迹。洪承畴列入该书卷三之首,尚可喜列入卷二之六。吴三桂和耿精忠分别列入《逆臣传》卷一之首和卷二之六。

〔6〕"鸟尽弓藏,兔死狗烹" 语出《史记·越王勾践世家》:"蜚(飞)鸟尽,良弓藏;狡兔死,走狗烹。"

"立此存照"(五)[1]

晓 角

《社会日报》久不载《艺人腻事》了,上海《大公报》的《本埠增刊》上,却载起《文人腻事》来。"文""腻"两音差多,事也并不全"腻",这真叫作"一代不如一代"。但也常有意外的有趣文章,例如九月十五日的《张资平[2]在女学生心中》条下,有记的是:

"他虽然是一个恋爱小说作家,而他却是一个颇为精明方正的人物。并没有文学家那一种浪漫热情不负责任的习气,他之精明强干,恐怕在作家中找不出第二个来吧。胖胖的身材,矮矮的个子,穿着一身不合身材的西装,衬着他一付团团的黝黑的面孔,一手里经常的夹着一个大皮包,大有洋行大板公司经理的派头,可是,他的大皮包内没有支票账册,只有恋爱小说的原稿与大学里讲义。"

原意大约是要写他的"颇为精明方正的",但恰恰画出了开乐群书店赚钱时代的张资平老板面孔。最妙的是"一手里经常夹着一个大皮包",但其中"只有恋爱小说的原稿与大学里讲义":都是可以赚钱的货色,至于"没有支票账册",就活画了他用不着记账,和开支票付钱。所以当书店关门时,老板依然"一付团团的黝黑的面孔",而有些卖稿或抽板税的作者,却成了一付尖尖的晦气色的面孔了。

* * *

〔1〕 本篇最初发表于1936年11月5日《中流》半月刊第一卷第五期,系以手稿影印。

〔2〕 张资平(1893—1959) 广东梅县人,作家。创造社成员,写过大量的三角恋爱小说。抗日战争时期任日伪"兴亚建国运动""文化委员会主席"、汪精卫伪政府农矿部技正。

"立此存照"(六)[1]

晓　角

崇祯八年(一六三五)新正,张献忠[2]之一股陷安徽之巢县,秀水人沈国元在彼地,被斫不死,改名常,字存仲,作《再生纪异录》。今年春,上虞罗振常重校印行,改名《流寇陷巢记》[3],多此一改,怕是生意经了。其中有这样的文字:

"元宵夜,月光澄湛,皎如白日。邑前居民神堂火起,严大尹拜灭之;戒市人勿张灯。时余与友人薛希珍杨子乔同步街头,各有忧色,盖以贼锋甚锐,毫无防备,城不可守也。街谈巷议,无不言贼事,各以'来了'二字,互相惊怖。及贼至,果齐声呼'来了来了':非市谶先兆乎?"

《热风》中有《来了》一则,臆测而已,这却是具象的实写;而贼自己也喊"来了",则为《热风》作者所没有想到的。此理易明:"贼"即民耳,故逃与追不同,而所喊的话如一:易地则皆然。

又云:

"二十二日,……余……匿金身后,即闻有相携而蹶者,有痛楚而呻者,有襁负而至者,一闻贼来,无地可入,真人生之绝境也。及贼徜徉而前,仅一人提刀斫地示威耳;有猛犬逐之,竟惧而走。……"

"立此存照"(六)

非经宋元明三朝的压迫,杀戮和麻醉,不能到这田地。民觉醒于四年前之春,[4]而宋元明清之教养亦醒矣。

*　　*　　*

〔1〕 本篇最初发表于1936年10月20日《中流》半月刊第一卷第四期。

〔2〕 张献忠(1606—1646)　延安柳树涧(今陕西定边东)人,明末农民起义领袖。崇祯三年(1630)起义,转战陕西、河南等地。崇祯十七年(1644)入川,在成都称帝,国号大西。清顺治三年(1646)出川途中,在川北盐亭界为清兵所杀。旧史书中多记有他杀人的事。

〔3〕 《流寇陷巢记》　一卷。1936年4月上海蟫隐庐印行。卷首罗振常的校记中说,此书"原名沈存仲《再生纪异录》,近乎说部,为易今名,较为显豁。"罗振常,浙江上虞人,罗振玉的堂弟,在上海经营书店。

〔4〕 指1932年"一·二八"抗击日军的上海战事。

"立此存照"(七)[1]

晓　角

近来的日报上作兴附"专刊",有讲医药的,有讲文艺的,有谈跳舞的;还有"大学生专刊","中学生专刊",自然也有"小学生"和"儿童专刊";只有"幼稚园生专刊"和"婴儿专刊",我还没有看见过。

九月二十七日,偶然看《申报》,遇到了《儿童专刊》,其中有一篇叫作《救救孩子!》,还有一篇"儿童作品",教小朋友不要看无用的书籍,如果有工夫,"可以看些有用的儿童刊物,或则看看星期日《申报》出版的《儿童专刊》,那是可以增进我们儿童知识的"。

在手里的就是这《儿童专刊》,立刻去看第一篇。果然,发见了不忍删节的应时的名文:

　　小学生们应有的认识　　　　　　梦　苏

最近一个月中,四川的成都,广东的北海,湖北的汉口,以及上海公共租界上,连续出了不幸的案件,便是日本侨民及水兵的被人杀害,国交显出分外严重的不安。

小朋友对于这种不幸的案件,作何感想?于我们民族前途的关系是极大的。

国际的交涉,在非常时期,做国民的不可没有抗敌御侮的精神;但国交尚在常态的时期,却绝对不可有伤害外侨的越轨行动。倘若以个人的私怨,而杀害外侨,这比较杀害自国人民,罪加一等。因为被杀害的虽然是绝少数人,但会引起别国的误会,加重本国外交上的困难;甚至发生意外的纠纷,把整个民族复兴运动的步骤乱了。这种少数人无意识的轨外行动,实是国法的罪人,民族的败类。我们当引为大戒。要知道这种举动,和战士在战争时的杀敌致果,功罪是绝对相反的。

小朋友们!试想我们住在国外的侨民,倘使被别国人非法杀害,虽然我们没有兵舰派去登陆保侨,小题大做:我们政府不会提出严厉的要求,得不到丝毫公道的保障;但总禁不住我们同情的愤慨。

我们希望别国人民敬视我们的华侨,我们也当敬视任何的外侨;使伤害外侨的非法行为以后不再发生。这才是大国民的风度。

这"大国民的风度"非常之好,虽然那"总禁不住""同情的愤慨",还嫌过激一点,但就大体而言,是极有益于敦睦邦交[2]的。不过我们站在中国人的立场上,却还"希望"我们对于自己,也有这"大国民的风度",不要把自国的人民的生命价值,估计得只值外侨的一半,以至于"罪加一等"。主杀奴无罪,奴杀主重办的刑律,自从民国以来(呜呼,二十五年了!)不是早经废止了么?

真的要"救救孩子"。这"于我们民族前途的关系是极

177

大的"！

而这也是关于我们的子孙。大朋友,我们既然生着人头,努力来讲人话罢！

九月二十七日。

* * * *

〔1〕 本篇最初发表于1936年10月20日《中流》半月刊第一卷第四期,改题为《"立此存照"(五)》。

按原来的《"立此存照"(五)》,是关于张资平的那条,因作者看到《申报·儿童增刊》一篇文章,竟主张中国人杀外国人应加倍治罪,不胜愤慨,就写了这条补白寄去。《中流》编者把这一条改为《"立此存照"(五)》,在该刊第四期发表,原来的第五条改为第七条,移在该刊第五期发表,因发表时系用手稿影印,所以号码没有改。收入本书时,编者许广平按写作时间先后将这一条改为第七条。参看作者1936年9月28日致黎烈文信。

〔2〕 敦睦邦交 国民党政府于1935年6月10日颁布《邦交敦睦令》,严禁"排日",称"对于友邦,务敦睦谊,不得有排斥及挑拨恶感之言论行为,……以妨国交。"

后　　记

　　《且介亭杂文》共三集，一九三四和三五年的两本，由先生自己于三五年最末的两天编好了，只差未有重看一遍和标明格式。这，或者因为那时总不大健康，所以没有能够做到。

　　一九三六年作的《末编》，先生自己把存稿放在一起的，是自第一篇至《曹靖华译〈苏联作家七人集〉序》。《因太炎先生而想起的二三事》，和《关于太炎先生二三事》，似乎同属姊妹篇，虽然当时因是未完稿而另外搁开，此刻也把它放在一起了。

　　《附集》的文章，收自《海燕》，《作家》，《现实文学》，《中流》等。《半夏小集》，《这也是生活》，《死》，《女吊》四篇，先生另外保存的，但都是这一年的文章，也就附在《末编》一起了。

　　先生在《白莽作〈孩儿塔〉序》中说："一个人如果还有友情，那么，收存亡友的遗文真如捏着一团火，常要觉得寝食不安，给它企图流布的。"所以就不自量其浅陋，和排印，装订的草率，急于出版的罢。

　　这里重承好几位朋友的帮助，使这集子能够迅速付印。又蒙内山先生给予便利，得以销行，谨当深深表示谢意的。

　　一九三七年六月二十五日，许广平记。